© Olivia Armenta

Daniel Alarcón nació en Lima y se crió en Birmingham, Alabama. Sus cuentos han sido publicados en *The New Yorker, Harper's The New Yorker, Harper's* y diversas otras publicaciones. Ganador de una beca Fullbright para el Perú y de el Whiting Award del 2004. Vive en Oakland, California.

guerra

en la

penumbra

guerra
en la
penumbra

CUENTOS

DANIEL ALARCÓN

Traducido del inglés por Julio Paredes Castro
con la colaboración de Renato Alarcón

rayo
Una rama de *HarperCollins*Publishers

GUERRA EN LA PENUMBRA. Copyright © 2005 por Daniel Alarcón. Traducción © 2005 por Julio Paredes Castro. Todos los derechos reservados. Impreso en los Estados Unidos de América. Se prohíbe reproducir, almacenar, o transmitir cualquier parte de este libro en manera alguna ni por ningún medio sin previo permiso escrito, excepto en el caso de citas cortas para críticas. Para recibir información, diríjase a: HarperCollins Publishers Inc., 10 East 53rd Street, New York, NY 10022.

Los libros de HarperCollins pueden ser adquiridos para uso educacional, comercial, o promocional. Para recibir más información, diríjase a: Special Markets Department, HarperCollins Publishers Inc., 10 East 53rd Street, New York, NY 10022.

Este libro fue publicado en inglés en 2005 en Estados Unidos por Harper-Collins Publishers.

Diseño del libro por Joy O'Meara

PRIMERA EDICIÓN RAYO, 2005

Impreso en papel sin ácido

Library of Congress ha catalogado la edición en inglés.

ISBN 0-06-075887-2

05   06   07   08   09   DIX/RRD   10   9   8   7   6   5   4   3   2   1

Para Renato, Graciela, Patricia y Sylvia:
Mi familia y mis mejores amigos

Y te han abierto por los costados para cubrir su hedor
Y te han golpeado parque eres siempre piedra
Y te han lanzado al abismo por no escuchar tu voz de fuego
Y te han herido
Y te han matado
Y así te han abandonado coma animal
    como rey de cualquier desierto
            menos éste

—CARLOS VILLACORTA, "En tu reino"

índice

inundación

Tenía catorce años cuando la laguna se desbordó de nuevo. Se encontraba arriba en los cerros, en las afueras del barrio. Como todas las cosas hermosas de por aquí, nadie la había visto nunca. No hubo lluvia, sólo nubes gruesas como presagio de la inundación. Cuando ocurrió, la correntada bajó por la avenida, tornó el pavimento reluciente y arrastrando basura, piedras y barro a lo largo de toda la ciudad, siguió en dirección del mar. Era la primera inundación desde que Lucas había sido enviado a la Universidad, en el primer año de los cinco dictados por intento de asalto. El barrio se oscureció y todos nos lanzamos hacia la avenida para admirar el espectáculo: una especie de milagro, una cinta de agua reluciente donde había estado antes la calle. Algunos autos viejos quedaron aparcados y aún tenían las luces encendidas. Los perros callejeros corrían alrededor nuestro, ladrando frenéticamente al agua, la gente y al circo que la inundación había creado. Todo el mundo estaba afuera, incluso los mafiosos, todos descalzos y sin camisa, removiendo la tierra con las manos, construyendo un dique de barro y piedras para contener el agua. Al otro lado de la avenida, los chicos de Siglo XX nos miraban desafiantes. Ellos trabajaban en su calle y nosotros en la nuestra.

"Míralos," dijo Renán. Era mi mejor amigo, el hermano menor de Lucas. Allá en Siglo XX aún tenían luz. Mi odio hacia ellos tenía el sabor de sangre en la boca. Me hubiera gustado incendiar todo su barrio. Sin Lucas no nos tenían ningún respeto. Si cogían a uno de los nuestros, lo golpeaban con palos y tubos, le embutían arena en la boca y lo obligaban a cantar el himno nacional. La semana anterior, Siglo XX había pillado a Renán esperando el bus en el lado equivocado de la calle. Le quitaron la gorra, sus zapatillas, le dejaron el ojo morado y tan hinchado que apenas si podía ver.

Los buses rugían al subir la colina contra la corriente, tocando las bocinas sin descanso. Los hombres ponían tablas de madera y montones de ladrillos y sacos de arena, pero el agua seguía bajando. Nos llegó la electricidad, una procesión de luces salpicando la larga pendiente sumergida en dirección a la ciudad. Todo el mundo se detuvo por un momento y escuchó el murmullo del agua. La superficie aceitosa de la avenida tenía un brillo naranja y alguien soltó un grito de aliento.

En medio de la penumbra reinante, Renán creyó ver a uno de los matones que lo golpearon. Sólo tenía un ojo bueno para ver. "¿Estás seguro?" le pregunté.

Eran sólo siluetas. La inundación nos subía hasta los tobillos y el esfuerzo por contenerla era feroz. Renán apretaba los dientes. Tenía una piedra en la mano. "Agárrala," dijo.

Sentí su peso y se la pasé a Chochó. Todos estuvimos de acuerdo en que era una buena piedra. Renán la lanzó entonces a lo alto y hacia el otro lado de la avenida. La vimos desaparecer; Renán imitó con un silbido el ruido decreciente de una bomba cuando cae del cielo. Nos reímos y ni vimos dónde cayó.

Fue entonces que los de Siglo XX se precipitaron a través de la avenida, media docena de ellos. Eran realmente malvados. Se lanzaron directamente sobre nuestro dique y lo destrozaron. Fue una misión suicida. Nuestros viejos empezaron a golpearlos, después también nuestros mafiosos. Los brazos y los puños se sacudían con violencia bajo las tenues luces, la gente de Siglo XX peleaba para tratar de escapar. En medio de la trifulca, irrumpió entonces toda la gente del otro barrio, y después también toda la del nuestro. Estábamos en medio de una batalla feroz, al influjo de un inexplicable impulso, del dulce efecto de una droga. Nos precipitamos en masa sobre la avenida y peleamos como hombres, lado a lado con nuestros padres y hermanos contra sus padres y hermanos. Era un carnaval. Mis manos se movían ágiles, golpeando a puño cerrado, y yo las admiré extasiado por unos segundos. Golpeé a un chico mientras Chochó lo sujetaba. Renán agitaba los brazos como las hélices de un helicóptero, sonriendo todo el tiempo, enloquecido. Recibimos algunos golpes y dimos muchos otros mientras por dentro jurábamos que era para esto que vivíamos. ¡Si Lucas hubiera podido vernos! El agua se desbordó por encima de nuestro dique destruido, pero no nos importó. No nos podía importar. Estábamos ciegos de felicidad.

La llamábamos la Universidad porque era donde uno iba después de terminar el colegio. Había allá dos clases de reclusos: terroristas y delincuentes. Los terrucos respondían a comunicados clandestinos e ideologías extrañas. Se reunían en el patio cada mañana y hacían ejercicios militares. Entonaban canciones de guerra e interrumpían con gritos a los jóvenes guardias. La guerra llevaba más de diez años. Cuando recibían la noticia de algún ataque exitoso en la ciudad, la celebraban aún más ruidosamente.

Lucas era solamente un delincuente y por lo tanto sus acciones eran más fáciles de comprender. Un muchacho de Siglo XX recibió una golpiza terrible y alguien dijo haber visto a Lucas atravesar corriendo la avenida en dirección a nuestra calle. Eso fue suficiente para que le dieran cinco años. Ni siquiera había matado a nadie. Le suavizaron la condena porque había estado en el ejército. Antes de entrar, nos hizo prometer que nos haríamos soldados cuando fuéramos mayores. "Lo mejor que he hecho," dijo. Hablábamos vagamente de lo que haríamos cuando saliera, pero nuestra calle había quedado vacía sin él. La gente nos llamaba Diablos Jr., pues sólo éramos unos chicos. Sin Lucas, los mafiosos apenas si nos tenían en cuenta, excepto para llevar paquetes al centro, pero eso sólo sucedía de vez en cuando.

Sólo los familiares tenían permiso para visitar a los reclusos, pero la primera vez, más o menos un año antes de la inundación, fuimos todos con Renán. Para hacerle compañía, supongo, o para mirar esos muros altos. No teníamos hermanos mayores como Lucas, ni a nadie que respetáramos como lo respetábamos a él. Pensábamos que Renán tenía suerte, tenía derecho a proclamar que llevaba también la sangre de Lucas.

La Universidad estaba metida entre dos colinas resecas y rodeada de una cantidad innumerable de tugurios. La gente de ahí vivía del contrabando de yerba y coca dentro de la cárcel. Todo el mundo lo sabía, y por eso es que en esa época era uno de los rincones más seguros de la ciudad. Chochó y yo esperábamos afuera y fumábamos, mirando el gris pálido del cielo. Más o menos cada media hora el guardia nos ordenaba que nos alejáramos un poco más. Parecía incómodo con el arma que llevaba, un poco asustado. Chochó lo saludaba, llamándolo Capitán.

Hablamos y fumamos y el cielo se aclaró, dando paso a un sol reluciente. La tercera vez que el guardia nos mandó a movernos más lejos, Chochó encendió un cigarrillo y se lo ofreció. Chochó era así, amigable, a su manera, aunque no lo pareciera. Yo lo conocía lo suficiente para saber que el silencio lo ponía nervioso. "Vamos, hombre," dijo Chochó. "Somos buenos chicos." El guardia frunció el entrecejo. Examinó el cigarrillo con suspicacia y entonces le dio una chupada larga. Miró alrededor para asegurarse de que nadie lo hubiera visto. Chochó se puso una mano sobre la frente, como aguzando su mirada. "Nuestro amigo está adentro visitando a su hermano mayor," dijo.

El guardia asintió. El uniforme parecía como si fuera de su papá: un verde apagado y desteñido, muy grande en los hombros. "¿Terruco?" preguntó.

"No," contestamos al mismó tiempo.

"Esa gente no merece vivir."

Asentimos con la cabeza. Era lo que Lucas siempre nos había dicho.

"Los tenemos agarrados de los huevos," comentó impasible el guardia.

"¿De verdad?" preguntó Chochó.

"Lucas estuvo en el ejército," revelé. "Como usted."

"Y está ahí adentro por una mierda."

El guardia encogió los hombros. "¿Qué se puede hacer?"

Permanecimos un rato en silencio, entonces Chochó tosió. "¿Esa arma funciona?" preguntó, señalando lo que el guardia sostenía con su brazo derecho.

"Sí," murmuró, enrojeciendo. Era evidente que nunca la había usado.

"Cuenta un chiste, Chochó," dije, para que así el guardia no se sintiera avergonzado.

5

Chochó sonrió, cerró los ojos por un segundo. "Ok," dijo, "pero es un chiste viejo." Miró a uno y otro para ver cómo reaccionábamos. "Escuchen: Dos soldados en el centro. Es casi medianoche, minutos antes del toque de queda y ven a un hombre corriendo hacia la casa. El primer soldado revisa la hora en su reloj. Tiene cinco minutos, dice. El segundo soldado levanta el arma y mata al hombre de un tiro."

Sentí que la risa me empezaba a brotar por dentro. Bajo el sol, Chochó brillaba como una piedra pulida.

"Por qué le disparaste, dice el primer soldado. ¡Tenía cinco minutos! El hombre vive por mi barrio, responde el otro. No llegará a tiempo."

Chochó se rió. Yo también. El guardia sonrió. Apagó la colilla y nos dio las gracias antes de regresar a su puesto al lado de la puerta para visitantes. Estoy seguro de que nos dijo su nombre, pero no lo recuerdo.

Renán salió después de un rato y parecía abatido, sin deseos de conversar. Nosotros queríamos saberlo todo. La espera nos había puesto impacientes.

"Preguntó si ustedes seguían siendo los mismos maricas de siempre, pero le mentí."

"Gracias."

"No había razón de hacerlo sentir mal, ustedes nacieron así."

"Lo que sea."

"Ustedes preguntan, yo contesto," murmuró Renán.

"¿Cómo es ahí adentro?" preguntó Chochó.

Renán encendió un cigarrillo. "Reventado de gente," dijo.

Caminamos en silencio de regreso al paradero del bus. Esperar ahí afuera no le hacía ningún bien a nadie. Me chupaba la energía, me hacía sentir indefenso. "Mi hermano está aburrido," dijo finalmente. "Aún le quedan cinco años más y ya está putamente aburrido."

"Lo siento," me escuché diciendo.

"Dice que la gente se mecha sólo para pasar el tiempo."

"Imagínense," dijo Chochó.

Por todas partes había agua y montones de barro de la inundación. Las nubes se disolvieron pero el agua se quedó. Un olor pestilente revoloteaba sobre las calles. El verano llegó con fuerza. Algunos sacaron sus muebles a la calle para secarlos, o extendían las alfombras empapadas sobre el techo para que agarraran algo de sol. Eran los que no tuvieron suerte. Lo que aún quedaba, mucho tiempo después de que todo estuvo ya seco y limpio, era la adrenalina de esa noche. Yo aún tenía los nudillos adoloridos y Renán había recibido otro golpe en el ojo, pero nada de eso importaba.

Fue un par de días después que una patrulla de policía se detuvo en nuestra calle. Dos policías se bajaron y preguntaron por los Diablos Jr. Una mujer de pelo canoso en el asiento posterior del patrullero miraba por la ventana entreabierta. Nos señaló.

"¿Este pandillero?" preguntó uno de los policías. Agarró a Renán por la muñeca y le torció el brazo por detrás. Observé cómo se desplomaba mi amigo. Las venas en las sienes de Renán parecían como si estuvieran a punto de reventarse, y las lágrimas se le agolparon en el borde de los ojos. "¿Es éste? ¿Está segura?" preguntó el policía.

¿Cómo podía estar segura de nada?

"¿Algún otro Diablo?" gritó el otro policía.

Se había reunido un grupo de gente, pero nadie se atrevió a hablar.

Renán gemía.

El policía hizo un disparo al aire. "¿Tengo que decir nombres?" gritó.

Nos pusieron en el asiento de atrás, con la mujer que había acusado a Renán. Las ventanas estaban cerradas y el calor era sofocante. Yo sudaba junto a la mujer, y ella se alejó como si yo estuviera enfermo. Escondí los nudillos heridos entre las piernas y puse mi voz de bueno. "Señora," pregunté, "¿qué fue lo que hicimos?"

"Vergüenza," siseó sin voltear a mirarme.

La dejaron en alguna parte de Siglo XX. Se bajó sin decir una palabra. Me alegró ver que sus muebles estaban afuera. Uno de sus hijos se encontraba sentado en un sofá que se estaba secando, los pies sobre una mesa de madera podrida. Se rió en silencio cuando nos vio y me lanzó un beso. "Hijoeputa," moduló en voz baja.

Salimos de Siglo XX, y giramos hacia la avenida y descendimos por la cuesta hacia la ciudad. Nuestro barrio se desvaneció. Uno de los policías golpeó la reja que separaba los asientos de adelante y atrás. "No se duerman allá atrás," rugió. "Vamos hacia la Universidad."

Miré hacia arriba. Renán se agitó para llamar la atención. "¿Qué fue lo que hicimos?" gritó. Era una vieja táctica. Estaban tratando de asustarnos.

"No me preguntes lo que hiciste. Hay un chico muerto en Siglo XX."

"¿Cuál chico?"

"El muerto."

"No pueden llevarnos a la Universidad," dijo Renán. "Somos muy jóvenes y no hicimos ni mierda."

Frenamos con un chirrido. Uno de los policías se lanzó afuera, nuestra puerta se abrió y Renán desapareció. Escuché que lo golpeaban, pero no miré: era como el ruido de la madera partiéndose. Lo lanzaron adentro de nuevo, un lado de la cara hinchado y enrojecido.

"Ahora mantengan la puta boca cerrada," dijo el policía. Arrancamos.

Recordaba el agua y la hermosa batalla callejera. Los perros ladrando y las luces de los autos que pasaban. Regresamos victoriosos a nuestras calles inundadas. Nadie había muerto. Incluso en la agitación más violenta, yo sabía que nadie había muerto. Los policías estaban mintiendo. Atravesamos barrios que parecían todos iguales: casas a medio construir y sin pintar, cada construcción de un tono marrón descolorido. Carcasas de buses y autos llenaban la avenida, el barro por debajo del negro aceitoso. Algunos chicos jugaban fútbol descalzos en las calles laterales empantanadas, los pies y los tobillos manchados de barro.

Cuando éramos más jóvenes lo único que hacíamos era caminar, a lo largo de las crestas secas de los cerros, buscando cosas que robar en las calles de abajo. Era más seguro en esa época, antes de que la guerra estuviera fuera de control. Barrios como éstos se estiraban sin descanso, en dirección a la ciudad. Una vez escalamos las colinas sobre la Universidad y miramos por encima de los muros. Los delincuentes y los terroristas tenían patios separados. Recuerdo a los terrucos en formación, cantando y coreando hacia los guardias que los observaban desde las torres, las puntas de los rifles asomándose por entre las torrecillas. Escogíamos los prisioneros con los dedos, diciendo en voz baja *bang, bang,* y los imaginábamos desplomados en el piso: heridos, sangrando, muertos. Lucas había lecho el servicio militar en la selva. El día que volvió, nos dijo, "Los terrucos son unos animales." Los culpaba de todo lo malo que sucedía en el país. Todos estábamos de acuerdo. Le tomó un tiempo acostumbrarse a matarlos, dijo, y al principio estaba asustado. Al final se había convertido ya en un profesional. Grababa su nombre y su rango en las espaldas de los muertos. "Porque nos daba la gana," decía,

Tenía siete pequeñas cicatrices en el brazo, líneas que él mismo se había marcado, una por cada tipo que había matado. Odiaba a los terrucos, pero amaba la guerra. Regresó a la casa y todo el mundo lo respetaba: nosotros, los mafiosos, incluso la gente de Siglo XX. Quería empezar un negocio, nos dijo, y nosotros le ayudaríamos. Nos adueñaríamos del barrio.

Nos habíamos sentado en las lomas mientras los terrucos entonaban sus cantos en el patio de la cárcel, algo incongruentemente melódico. "Los mataría a todos si pudiera," dijo Lucas.

"Imagínense todas esas rayas," comentó Renán, estirando el brazo.

Ahora salíamos de la avenida. "Tengo sed," dijo Renán. Volteó a mirarme como si buscara apoyo.

"Pues sigue con sed," contestó una voz desde el asiento de adelante.

Nos metieron en un cuarto que apestaba a orina y cigarrillo. Había nombres y fechas escritos en los muros. En algunos rincones la pared se estaba desmoronando. Hacía calor. Los terrucos habían trazado eslogans por entre la pintura y podía escucharlos cantando. Apareció entonces un policía. Dijo que un chico había sido golpeado por una piedra. Que la piedra le había abierto el cráneo y que ahora estaba muerto. "Piensen en eso," añadió el policía. "Era un niño. Tenía nueve años. ¿Cómo se sienten ahora?" Escupió en el piso antes de salir. Juro que había olvidado lo de la piedra hasta ese preciso instante. Con la inundación y la pelea, ¿quién podría recordar cómo empezó todo? "Lo sabía," dijo Renán.

"Nadie sabe nada," le contesté.

Renán no era un asesino. Si estaba pensando en su hermano, no lo mencionó. Yo sí pensaba en él. Me pregunté qué tan cerca se encontraba Lucas de nosotros en ese momento. En el año que había transcurrido desde nuestra primera visita, yo le había escrito por lo menos una docena de cartas. Le había escrito sobre el barrio, sobre las chicas, y, con mayor entusiasmo, sobre alistarme en el ejército. Era tal vez lo que él hubiera querido escuchar, imaginé, y él sabría así que no me había olvidado. Era fácil hablar con gente que no podía responder. Renán dijo que a Lucas no le darían papel y lápiz. Pero yo sabía la verdad. Lucas nunca aprendió a escribir muy bien.

Le pasé el brazo a mi amigo. "A la mierda Siglo XX," dije.

"Sí," contestó, pero sonaba derrotado.

"Chochó, cuéntanos un chiste," dije.

"No hay nada chistoso."

"Entonces vete a la mierda tú," dijo Renán y todos permanecimos en silencio.

No sé cuánto tiempo estuvimos ahí. Cada hora más o menos, una voz gritaba que traían nuevos prisioneros y que debíamos abrir espacio. Nos sentamos juntos en una esquina, pero la puerta de hierro nunca se abrió. Los terrucos seguían cantando en el patio de la cárcel. Por momentos, un aviso por el altavoz lanzaba amenazas, pero estas eran ignoradas. El aire estaba caliente y húmedo y difícil de respirar. Nos adormilamos recostados contra la pared. Entonces apareció un hombre con vestido de paño; traía una butaca y un portapapeles. Puso la butaca en el centro de la celda y se sentó con las manos sobre los muslos, echándose hacia delante, y parecía como si fuera a caerse. El pelo negro se le veía brillante y grasoso. Se presentó como Humboldt y preguntó por nuestros verdaderos nombres. Revisó los papeles en el tablerito y tosió con fuerza sobre el puño cerrado. "Saben, afuera hay familiares," dijo por fin. "Los familiares del joven que está muerto. Me han estado rogando que los suelte para que así ellos puedan matarlos. ¿Qué piensan al respecto?"

"Déjelos intentarlo," dijo Chochó.

"Les arrancarán los miembros uno por uno, se los puedo asegurar. ¿Quieren salir allá afuera?"

"No tenemos miedo," comentó Renán. "Nosotros también tenemos familiares."

El hombre revisó sus notas. "Y no están muy lejos, ¿cierto?"

"Es mi hermano," dijo Renán, "estuvo en el ejército."

"Qué maravilla," contestó Humboldt, sonriendo. "¿Cómo fue que terminó aquí?"

"Es inocente."

"Increíble. ¿Cuántos muertos lleva?"

"Siete," contestó Renán.

"¿Y ustedes cuántos llevan?"

Los tres lo miramos fijamente, en silencio.

"Patético," dijo Humboldt. "Se los voy a decir. Llevan un muerto entre los tres, es decir, mientras descubro quién fue el que lanzó la piedra que mató a un niño inocente de nueve años. Entonces los voy a colgar. ¿Quieren saber cómo era? ¿Quieren saber cómo se llamaba?"

No lo queríamos saber. Nuestro inquisidor no parpadeó.

Sentí entonces en el estómago la más repulsiva sensación de

vacío. Me esforzaba por sentirme inocente. Imaginé un chico desplomado en el piso, abatido como si lo hubiera alcanzado un rayo; un rayo que nunca pudo ver ni esperar ni imaginar: las desbordadas aguas de la laguna pasándole por encima, muerto, muerto, muerto.

"Ustedes se creen héroes de guerra en el barrio, ¿no es cierto?"

"Nosotros no matamos a nadie," dije.

"¿Qué te pasó en los nudillos?"

Los escondí entre las piernas. "No maté a nadie," dije.

Humboldt se ablandó mostrando algo parecido a la compasión. "¿Cómo lo saben? ¿Quién lanzó la piedra?"

"Hubo una pelea," dijo Chochó.

"Nos atacaron," añadió Renán.

"Ya sé lo de la pelea," dijo Humboldt. "Y también sé que ustedes lanzaron piedras como cobardes."

"Así no fue," dijo Renán.

"No pudieron tener la fuerza para hacerlo con las manos, como lo haría un hombre." Humboldt tosió y levantó los ojos. "Así como tu hermano allá. La puta del Pabellón C."

¿Se estaría refiriendo a Lucas?

"¿Es un veterano? ¿Cómo se llama? ¿Tu hermano? Ah, ¿no lo sabías? No es nada extraño que la guerra vaya como va, con maricones cargando fusiles."

Renán intentó lanzarse sobre Humboldt, pero lo agarramos. Lucas era un asesino. Era valiente y estaba hecho de acero.

Humboldt nos observaba impasible desde su butaca. "Jovencito," le dijo a Renán, "Te voy a explicar algo. Ellos les ponen uniforme a los delincuentes comunes y los llaman soldados, pero nunca da resultado. Sólo están hechos para las batallitas en sus barrios. Hombres como yo son los que ganan las guerras."

"No le prestes atención, Renán. El hombre es un comodín," dijo Chochó. "Un mensajero."

Renán lo miraba con furia.

Humboldt sonrió fríamente hacia Chochó. "Me gustas, gordito. Pero no sabes una mierda."

Entonces salió. "Me voy a la casa donde mi familia," comentó Humboldt antes de que la puerta de acero se cerrara a su espalda. "Si algún día ustedes también quieren volver a donde sus familias van a tener que empezar a hablar."

Estuvimos ahí una noche y otro día mientras nuestras familias llegaban con lo de la fianza. Soñé que éramos asesinos, homicidas caóticos, matones sin ningún designio. Nuestra ciudad había sido construida para morir. Los terrucos que Lucas había combatido en la selva descendían sobre nosotros. Estaban en la cárcel con nosotros, entonando sus canciones furiosas. Estábamos rodeados. Ellos poseían sus propios barrios, lugares donde la policía no podía entrar sin la compañía del ejército, y, aún más allá, otros rincones donde ni el ejército entraría nunca. Las bombas explotaban en los centros comerciales, ataques con dinamita embestían el sistema eléctrico. Los terrucos robaban bancos y secuestraban jueces. En esos días era posible imaginar que la guerra nunca terminaría.

En algún momento hacia la media noche, Renán nos despertó. Sudaba y sostenía en las manos un pedazo del muro desmoronado.

"Oigan," dijo. Pasó el borde afilado del trozo de muro sobre su brazo, la piel abriéndose con líneas rojas. "Voy a confesar."

"Duérmete," dijo Chochó.

No había manera de hablar con Renán. "Me pueden poner con Lucas," susurró. "Se pueden ir todos a la mierda."

Era su batalla personal. Quise decir algo, ofrecerle a mi amigo algún pedazo de mí mismo, pero no lo hice. Mis ojos se cerraron casi sin querer. Dormí porque tenía que hacerlo. El piso húmedo se sentía casi tibio, y así llegó la mañana.

Humboldt entró una vez más para hablar de nosotros: afirmó que no éramos más que basura y habló de todas las maneras lentas y dolorosas en las que merecíamos morir. Estaba furioso y con el rostro enrojecido. "¡La gente de derechos humanos espera que yo defienda este país con una mano amarrada a la espalda!" gritó. Aseguró que estaríamos de regreso cuando fuéramos mayores y que él estaría ahí. Renán no había dormido. Observaba con atención a Humboldt y supe que esperaba que mencionara a Lucas. Y supe que si Humboldt lo hacía, Renán lo mataría. O intentaría matarlo.

Pero Humboldt parecía haber olvidado a Lucas por completo. De alguna forma, eso parecía ser aún peor. Renán se retorcía en cuclillas. Humboldt caminaba de un lado a otro. Escupió en el piso y nos insultó. Después nos dejó ir.

Afuera hacía sol, el cielo tenía un azul metálico. La tierra se había transformado de nuevo en polvo. Nuestra gente estaba esperando por nosotros, nuestros padres, nuestros hermanos y hermanas. Se veían enfermos. Pensaron que nunca más nos volverían a ver. Nos asfixiaron con besos y abrazos y pretendimos que nunca sentimos miedo. Y pasó tiempo suficiente para que olvidáramos que lo habíamos sentido. Renán se tomó unas semanas de descanso y entonces regresó una vez más donde su hermano, como lo había hecho todos los domingos durante un año. Yo le escribí una carta a Lucas diciéndole que sentía mucho que no lo hubiéramos visto, cuando estuvimos tan cerca. Le pregunté si conocía a Humboldt y en cuál pabellón se encontraba. Sólo quedan cuatro años, escribí dándole esperanzas, pero taché las palabras antes de enviar la carta.

No recibí ninguna respuesta.

El rumor por todo el barrio era que aquella noche no había habido ningún chico muerto. La gente decía que nuestra piedra había golpeado y matado a un perro; un perro de pura raza. Tenía sentido. Dos de los perros de nuestro barrio fueron envenenados, y entonces todo regresó a la normalidad.

Pasaron cuatro meses y el motín estalló un jueves por la tarde, en el sector de los terroristas. Era el principio del fin de la guerra. Sillas y mesas salían volando de la cafetería hacia el patio. Los terrucos sacaron a balazos a los guardias de las torres de vigilancia y tomaron como rehenes a algunos administradores. Habían metido armas de contrabando. Hubo tiroteos y humo negro y cantos. Los terrucos estaban decididos a morir. Las familias se reunieron frente a los portones de la Universidad, rezando para que todo terminara bien. Nosotros también estábamos ahí, aprendiendo cómo pedirle a Dios cosas que sabíamos que no nos merecíamos. Los terrucos quemaban todo lo que podían y nos imaginábamos disparándoles. Exigieron agua y comida. Los delincuentes también se morían de hambre, los asesinos y los ladrones y Lucas. Todos se unieron al motín y hubo más disparos y los guardias caían muertos uno a uno, los cuerpos precipitándose desde las torres sobre los muros de la cárcel. Las autoridades rodearon el lugar. La ciudad se reunía en las colinas para observar el humo girando en rizos negros hacia el cielo. Los terrucos colgaron la bandera al revés y se cubrieron la cara con pañuelos. Cuando alguien se movía para retirar un cadáver, un *terruco* le disparaba desde las torres. La revuelta estaba en todos los televisores, en todos los radios y los periódicos, y nosotros la veíamos. Nos sentamos en las colinas. Renán llevaba las medallas de su hermano prendidas a su camiseta raída. Su madre y su padre sostenían fotos de Lucas en uniforme. Murmuraban oraciones con las manos entrelazadas. Pobre hijo mío, se lamentaba la madre: ¿Tendrá hambre? ¿Estará peleando? ¿Estaría asustado? Todos esperábamos. Seguíamos ahí cuando alguien, de las verdaderas altas esferas del gobierno, decidió que nada de todo esto valía la pena. Ni las vidas de los rehenes, ni la vida de los terrucos ni la de los ladrones amotinados, ninguna. El presidente apareció en la televisión para hablar del pesar que sentía, para hablar de la más difícil decisión que había tenido que tomar nunca. Todos los rehenes eran jóvenes, dijo, y morirían por su país. Si eran inocentes, dijo el presidente, ya era demasiado tarde para ellos. La situación lo obligaba a entrar en acción. No habría ningún futuro. Y así fue como todo terminó. Así fue como Lucas murió: los helicópteros zumbaron en el aire y los tanques avanzaron en posición. No pretendían retomar la Universidad. Le iban a prender fuego. Ellos comenzaron el cataclismo. Renán no se volvió, siguió mirando. Los muros se derrumbaron convertidos en polvo y los tanques lanzaron disparos de cañón. Se escucharon cantos. Las bombas cayeron y todos sentimos que los cerros también se estremecían.

ciudad de payasos

Cuando llegué al hospital esa mañana, encontré a mi madre trapeando pisos. Mi viejo había muerto la noche anterior y la había dejado con una cuenta por pagar. Ella no tenía el dinero y la tuvieron trabajando durante toda la noche. Saldé la deuda con el avance que me habían dado en el periódico. Le dije que lo sentía y así era. Tenía la cara hinchada y roja, pero ya había dejado de llorar. Me presentó a una agotada mujer negra de cara triste. "Esta es Carmela," dijo. "La amiga de tu papá. Carmela ha estado trapeando conmigo." Mi madre me miró directo a los ojos, convidándome a que interpretara sus palabras. Lo hice. Sabía exactamente quién era la mujer.

"¿Osquítar? No te había visto desde que eras así de grande," dijo Carmela, tocándose la mitad del muslo. Se acercó para tomarme la mano y se la ofrecí con desgana. Había algo en ese comentario que me molestaba, que me confundía. ¿Cuándo fue que la había visto? No podía creer que ella estuviera parada ahí, enfrente mío.

En el velorio, identifiqué a mis medios hermanos. Conté tres. A lo largo de doce años me había aislado de la otra vida de mi viejo; desde el instante en que nos dejó, justo después de que yo cumpliera catorce. Carmela había sido su amante, después se había convertido en su esposa de hecho. De pequeña estatura, la piel color cacao y los ojos azul-verdosos, era más bonita de lo que me había imaginado. Llevaba puesto un sencillísimo vestido negro, más bonito que el de mi madre. No hablamos mucho, pero ella me sonrió, con los ojos vidriosos, como si entre ella y mi madre tomaran turnos para llorar y consolarse mutuamente. Ninguna había previsto la enfermedad que abatió a mi padre.

Los hijos de Carmela eran mis hermanos, eso estaba claro. Había un aire de Don Hugo en todos nosotros: los ojos pequeños, los brazos largos y las piernas cortas. Eran más jóvenes que yo, el mayor tal vez estaría por los diecisiete, el menor alrededor de los once. Me preguntaba si tendría que acercarme, consciente de que por ser el mayor de todos debería hacerlo. Pero no lo hice. Finalmente, ante la insistencia de nuestras madres, nos estrechamos la mano. "Ah, el reportero," dijo el mayor. Tenía la misma sonrisa de mi viejo. Intenté proyectar sobre ellos algún tipo de autoridad—basado en la edad, supongo, o en el hecho de que eran negros, o en que yo era el hijo *legítimo*—pero no creo que funcionara. No estaba convencido. Tocaban a mi madre con esos roces suaves y despreocupados que revelan cierta intimidad, como si se tratara de una tía querida, no la esposa suplantada. Incluso ella ahora formaba parte de ellos. Su sufrimiento era más profundo que el mío. Ser el primer hijo nacido del matrimonio real no significaba nada en absoluto; esta gente era, al final, la verdadera familia de Don Hugo.

Al día siguiente en el periódico, no le mencioné a nadie la muerte de mi padre a excepción del tipo encargado de los obituarios, a quien le pedí que pusiera una nota, como un favor a mi madre.

"¿Es un pariente?" preguntó, con un tono evasivo en la voz. "Un amigo de la familia. Echame una mano, ¿okey?" Le tendí una hoja de papel:

Hugo Uribe Banegas, natural de Cerro de Pasco, pasó a la vida eterna el pasado 2 de Febrero en el hospital Dos de Mayo en Lima. Un buen amigo y esposo, lo sobrevive Doña Marisol Lara de Uribe. Que en paz descanse.

Nos dejé a mis hermanos y a mí fuera de la nota. También a Carmela. Ellos podían mandar hacer su propio obituario, si querían, si podían pagarlo.

Quizás en mi viejo vecindario o en su nuevo barrio, alguien haya querido pronunciar una breve oración por Don Hugo. Mi abuela, si estaba viva, o el montón de borrachos que aún se acordaran de él en Pasco. En Lima, morir es el deporte local. Aquellos que mueren de una manera fantasmagórica, violenta, espectacular, son evocados en los periódicos de cincuenta centavos bajo titulares apropiadamente escabrosos: CONDUCTOR ESTALLA COMO MELÓN o TIROTEO NARCO, LOS CURIOSOS TRAGARON PLOMO. Yo no trabajo en ese tipo de periódicos, pero si lo hiciera, también escribiría titulares semejantes. Como mi padre, nunca rechazo un trabajo. He cubierto redadas de *drogos,* homicidios dobles, incendios en discotecas y mercados, accidentes de tráfico, bombas en los centros comerciales. He escrito perfiles sobre políticos corruptos, viejos jugadores de fútbol alcoholizados, artistas que odian el mundo. Pero nunca he cubierto la muerte inesperada de un trabajador de clase media en un hospital público. Llorado por su esposa. Su hijo. Su otra esposa. Los hijos de ella.

La muerte de mi padre no era una noticia. Yo lo sabía, y no

había ninguna razón para que ésto resultara sorprendente o problemático. No lo era, de hecho. En la oficina, escribí mis artículos y no me sentí fastidiado por su muerte. Pero esa tarde Villacorta me mandó a que investigara sobre los payasos, sobre artistas de la calle, para el número especial del domingo que me había asignado semanas atrás. Sin duda habrá sido el estado de ánimo en el que me encontraba, pero la idea me puso triste: payasos con sus absurdas y cándidas sonrisas, con esos trajes andrajosos y estrafalarios. Avancé apenas unas cuadras cuando me sentí asaltado inexplicablemente por una sensación de pérdida. En el ruido obstinado de las calles, en el parloteo de un DJ en el radio, bajo el resplandor del sol de verano, sentí como si Lima se burlara de mí, ignorándome, abalanzando su indiferencia contra mí. Una corpulenta mujer vendía pelucas rojas y rubias en un carrito de madera. Un agotado payaso descansaba sobre la acera, un cigarrillo entre los labios, y me pidió fuego. No tuve el ánimo de entrevistarlo. El sol parecía atravesarme el cuerpo. Mi reducida familia se había disuelto en un nuevo grupo, del que yo no formaba parte.

En Lima, mi padre había decidido trabajar en construcción civil. Construía oficinas, remodelaba casas. Era bueno con el martillo, podía pintar y tarrajear, levantar una pared en cuatro horas. Era plomero y cerrajero. Carpintero y soldador. Cuando le ofrecían un trabajo, contestaba siempre de la misma forma. "Lo he hecho varias veces," le aseguraba a un contratista mientras examinaba una herramienta que nunca antes había visto en su vida. Cuando niño, yo admiraba a mi padre y su voluntad de trabajo. El progreso era algo que se podía medir en nuestro barrio: la velocidad con la que se levantaba el segundo piso de la casa propia, la rapidez con la que se adquirían los pertrechos de la vida de clase media. Durante los días de semana, mi padre trabajaba en las casas de otra gente; en los fines de semana, trabajaba en la nuestra. El trabajo duro daba sus frutos. Inauguramos un nuevo equipo de sonido con una cinta de Héctor Lavoe. Vimos la Copa América del 85 en un moderno televisor a color.

Por supuesto, no todo era tan transparente. Mi padre era un vivo, con la agudeza para comprender la verdad esencial de Lima: si había algún dinero por hacer, éste debía brotar de los bloques de piedra y concreto de la ciudad. Algunos ganaban y otros perdían, y había maneras de inclinar la balanza a favor de uno. Era un tipo encantador y hacía un trabajo excelente, pero siempre, siempre se preocupó sólo por él mismo.

Era demasiado impaciente para haber sobrevivido allá en el pueblo. Pasco, donde él, mi madre y yo nacimos, no es ni ciudad ni campo. Es un sitio aislado y pobre, arriba en la fría puna andina, pero, de una manera muy particular, es un lugar urbano: su concepción del tiempo es mecanizada y nadie queda libre del tictac del reloj capitalista. Pasco no es pastoril ni agrícola. Los hombres descienden al interior de la tierra en turnos de diez horas. Su horario es monótono, uniforme. Emergen—en la mañana, la tarde o la noche—y enseguida empiezan a beber. Es un trabajo brutal y peligroso, y con el tiempo su vida sobre la tierra empieza a parecerse a la de allá abajo: los mineros corren riesgos, beben, tosen y escupen una flema negra como el alquitrán. *El color del dinero*, la llaman y ordenan otra ronda de tragos.

Mi viejo no estaba hecho para esos rituales. En lugar de eso, empezó a conducir camiones hacia la costa y hacia la ciudad. Tenía veintinueve años cuando se casó con mi madre, casi una década mayor que su entonces joven esposa. Había pasado la gran parte de sus veintes trabajando en la ciudad, y regresaba al pueblo sólo una vez cada tres o cuatro meses. De alguna forma, el romance entre los dos brotó durante estos viajes. Para cuando se casaron, llevaban ya cinco años como pareja, separados la mayor parte del tiempo. Yo nací seis meses después del matrimonio. El siguió yendo y viniendo durante varios años, construyéndose una casa en Lima, en el distrito de San Juan de Lurigancho. Cuando mi madre no toleró más el quedarse sola, mi padre finalmente nos trajo con él.

Esa fue, creo, la única cosa buena que hizo por nosotros. O por mí. Cuando recuerdo Pasco, esa llanura alta y fría, el aire escaso y las casas hundidas, doy gracias por estar aquí. Crecí en Lima. Fui a la universidad y conseguí un trabajo respetable. No hay ningún futuro en Pasco. Los chicos no estudian y, en todo caso, no les enseñan casi nada. Inhalan pegamento en bolsas de papel o se emborrachan bajo la débil luz de la mañana antes de entrar a la escuela. En Lima, la silueta de la ciudad cambia constantemente, se levanta algún edificio nuevo o algún otro se desploma en pedazos. Es polvorienta y peligrosa, pero la ciudad persiste. En Pasco, hasta las montañas se mueven: son destripadas desde adentro, despojadas de su mineral, acarreadas a otra parte y vueltas a montar. Observar la tierra moverse de esta forma, saber que de alguna manera todo el mundo que uno conoce es cómplice de este acto, es demasiado perturbador, demasiado irreal.

Tenía ocho años cuando nos mudamos. Parecía que mi padre era un extraño, incluso para mi madre. Se tomaron de la mano en el bus hacia Lima, y yo me dormí en el regazo de mi madre, a pesar de ser ya muy grande para eso. Fue a principios de enero; dejamos Pasco cubierto de hielo, el repiqueteo sincopado del granizo golpeando sobre sus techos de lata. Observamos las moteadas luces naranjas desvaneciéndose a nuestra espalda, y cuando me desperté ya era el atardecer y el bus entraba a la estación en Lima. "Aquí hay gente mala," nos advirtió mi viejo. "Tienes que estar mosca, Chino. Desde ahora eres un hombrecito. Tienes que cuidar a tu mamá."

Yo había estado ya en la ciudad, dos años antes, aunque escasamente la recordaba. Un día mi padre llegó a la casa en Pasco y me trajo con él por tres semanas. Me llevó por toda la ciudad, señalándome los edificios más importantes; me había mostrado el movimiento de las calles. Recuerdo a mi madre diciéndome que yo, con apenas seis años, había viajado más que ella. Ahora ella me agarraba la mano mientras el mundo se arremolinaba ante nosotros, y vi cómo mi padre se abría paso por entre los hombres frente a las puertas abiertas del compartimiento del equipaje. Era justo después del atardecer. Todos se daban codazos y se empujaban entre sí, la multitud oscilando de un lado a otro, y mi padre, que no era muy alto ni particularmente fuerte, desapareció en el centro del grupo. Mi madre y yo esperamos. Miré fijamente a un hombre con bigote que hacía círculos a nuestro alrededor, los ojos ávidos y pegados a la bolsa que mi madre había puesto fija entre los dos. Entonces hubo unos gritos: un hombre empujó a otro, acusándolo de intentar robarle sus paquetes. El que acusaba ponía un pie con fuerza sobre una de sus cajas. Estaba cerrada con cinta, con un nombre y una dirección anotados en uno de los lados.

"Oye compadre, ¿qué chucha quieres con mis cosas?"

"¿Ah? Perdón, tío, me equivoqué."

El segundo hombre era mi padre. Fue un accidente, protestaba. Los paquetes se parecían. Tenía sus largos brazos doblados, las palmas de las manos hacia arriba, un desdeñoso encogimiento de hombros. Pero el hombre más viejo estaba furioso, la cara roja y los puños apretados. "Ni mierda, aquí no hay errores. ¡Ladrón!" Los otros hombres los separaron; entre la borrosa escena mi padre me lanzó una sonrisita, y entonces caí en cuenta de que nosotros sólo habíamos traído bultos, no cajas.

Frente al Congreso, sobre la Avenida Abancay, una protesta se había dispersado por la acera y el tráfico estaba atracado a lo largo de cinco cuadras. Los manifestantes eran obreros de la construcción, obstetras o empleados de teléfonos. Los movimientos sociales, como todos los predadores, perciben el miedo: el presidente se estaba tambaleando; la mitad de su gabinete había renunciado. Pero en las calles la ciudad seguía siendo la misma Lima, la hermosa y desgraciada Lima, infeliz e insensible a los cambios. Yo había ido a cubrir una conferencia de prensa y me dirigía en bus de vuelta a la ciudad. El aire estaba pegajoso y denso como una sopa. Una esbelta mujer policía en uniforme beige desviaba los autos hacia el este, por entre las diminutas calles de Barrios Altos, donde las estrechas quintas se inclinaban unas contra otras, donde los chicos se amarraban los cordones de sus zapatillas baratas, mientras vigilaban con los ojos el tráfico lento, atentos a cualquier oportunidad. El día anterior hubo varios atracos, buses enteros asaltados en el semáforo en rojo, y todos estábamos tensos, los bolsos apretados con fuerza contra el pecho. Era la primera semana de carnaval, y todos entre los cinco y los quince años (que en Barrios Altos era prácticamente todo el mundo) estaban en las calles cargando globos de agua, amenazadores, ansiosos. Nuestro dilema era qué forma de sufrimiento íbamos a escoger.

"Oye, chato. Cierra la ventana."

"Estás loco. Hace mucho calor."

Empezó entonces un tira y afloja entre aquellos que estaban

decididos a enfrentar el riesgo de los ladrones o los bombazos de agua para contrarrestar el calor asfixiante y aquellos que no. El conductor tensó el cuerpo contra su cinturón de seguridad burdamente casero. Las ventanas se abrían y se cerraban, jaladas y empujadas de todas partes, y en las aceras, a los muchachos se les hacía agua a la boca, las manos entre los baldes, restregando los globos de agua con los dedos como si se tratara de los pechos de las novias de sus mejores amigos. Salieron de todas partes al mismo tiempo: de los pasadizos entre las construcciones tambaleantes, de los tejados, chicos lanzando de frente o de manera solapada, descargando a veces dos globos de un solo tiro. El agua salpicaba por entre las ventanas rajadas. Las aceras brillaban, cubiertas con las tripas reventadas de globos rojos y verdes y blancos. Pronto descubrí que el blanco principal no era nuestro bus, ni ningún otro bus, ni, como suele suceder, una mujer joven con blusa blanca. Sobre la acera, un payaso trataba de esquivar el bombardeo.

Se trataba de un comerciante, un vendedor ambulante, un pobre payaso trabajador. Se acababa de bajar de un bus y se encontró en medio del asalto de unos cien niños. Luchaba por orientarse. Metió la cabeza en el pecho de tal forma que su peluca multicolor recibía lo peor del ataque, hebras rosadas y rojas colgando empapadas. No tenía donde moverse: un paso hacia delante, un paso hacia atrás, un paso hacia la pared, un paso hacia el borde de la vereda; bailaba torpemente con sus inmensos zapatos de payaso, los globos lloviéndole encima. Estallaron risas en nuestro bus, risas que originaron un sentido de comunidad: los pasajeros emergieron de sus meditaciones privadas para señalar y reírse y burlarse. ¡Ah, Lima! El payaso levantó la cabeza impotente, el traje colgándole. El coro brotó entonces de los niños, y entre el ritmo entrecortado de los globos que le caían encima y el estruendo impaciente de las bocinas, empezaron a corear: "¡Payaso mojado! ¡Payaso mojado!" El conductor de nuestro bus acompañó el coro con la bocina; todos nos inclinamos un poco hacia delante. "Payaso mojado," cantaban los niños, siguiendo la melodía de un viejo himno del Alianza Lima. Entonces el encargado de los tiquetes, movido por la compasión, abrió la puerta y arrastró al payaso hacia adentro. De pronto quedamos en silencio.

Goteaba agua sobre el metal corrugado del piso del bus, la pintura blanca chorreándole por la cara, algunas hebras arrugadas del pelo rosado se le pegaban a las mejillas. El agua le había coloreado la nuca manchándole el cuello del traje de payaso. Me dieron ganas de llorar por este pobre payaso, este patético espécimen del limeño. ¡Hermano! ¡Causa! El bus no se movió por un segundo, y entonces arrancó. La descarga de globos había terminado. De pronto, bajo ese silencio incómodo, desaliñado como estaba, el payaso puso manos a la obra. Buscó en un bolsillo interior y extrajo una bolsa grande de dulces de menta. Algunas pequeñas gotas de agua se escurrieron de la bolsa. "Señores y Señoras, Damas y Caballeros," anunció. "Me encuentro hoy aquí para ofrecerles a ustedes un nuevo producto, un producto que tal vez ustedes nunca hayan visto antes. Desarrollado con la última y más avanzada tecnología europea para el procesamiento de mentas . . ."

Aún podíamos escuchar la protesta por el costado oeste del edificio del Congreso. Cucharas de palo golpeando contra las ollas, una sombría queja metálica, arrítmica, la grave voz de la gente desatando su rabia difusa. Los descontentos y los resentidos lanzaban piedras y quemaban llantas y se dispersaban por entre las calles viejas de la ciudad. El payaso con su afectada voz trataba de vendernos sus mentas, su sonrisa, un acto supremo de fuerza de voluntad.

La sala de noticias bullía de actividad; un pronunciamiento del presidente sobre la economía había puesto a todo el mundo a trabajar. Había algunos rumores: un miembro del gabinete había salido fuera del país. No le presté mucha atención. Salí temprano de la oficina y me dirigí hacia San Juan a visitar a mi madre. Tomé una copia del periódico para enseñarle el obituario, una especie de ofrenda de paz.

San Juan, mi antigua calle: el mismo árbol torcido proyectando débiles sombras bajo la desvanecida luz del atardecer. Llevaba viviendo seis años en el centro de la ciudad, pero aún reconocí algunos rostros. Don Segundo, el hombre del restaurante, que me dio de comer gratis más de un centenar de veces cuando estábamos cortos de dinero. La señora Nélida, de la esquina, que nunca nos devolvía la pelota si caía encima de su tejado. También estaba por ahí nuestra antigua vecina Elisa, sentada, como siempre, en un taburete de madera frente a su negocio. Una de las patas del asiento era más corta que las otras. La había arreglado con un directorio telefónico, acomodado como cuña entre el piso y la pata dañada.

"Vecina," dije.

Conversamos por un minuto, en un intercambio sencillo y familiar. En qué trabajaba ahora. Mi empleo en el periódico. Lo orgullosos que se sentían de mí en el vecindario cuando leían mi nombre impreso. Yo sabía que esta última parte no era cierta, no por lo menos entre la gente de mi edad. Había descubierto cómo me observaban mis antiguos amigos: concientes, quizás, de que yo alguna vez formé parte de su mundo, pero despreciando al mismo tiempo cualquier intento mío por reivindicar esa pertenencia. Eramos fragmentos desvaneciéndose de la historia de cada uno, trazos alguna vez luminosos apagándose contra un despejado cielo nocturno.

Finalmente, Elisa dijo, "Tu mamá no está en la casa, Chino." Las luces de la calle se encendieron, y me di cuenta con cierta sorpresa que ahora las luces también subían hacia el costado de la montaña. El barrio seguía creciendo. Todos los días llegaba gente nueva, como lo hicimos alguna vez nosotros, cargados con bultos y cajas y esperanzas, para construir una nueva vida en la ciudad. Habíamos tenido suerte. Nuestra nueva casa había resultado pequeña pero estaba bien construida. Todo el mundo nos había dado la bienvenida. Nuestra calle estaba repleta de niños, y en el transcurso de una semana yo me había olvidado ya de Pasco, de los amigos que había dejado allá. Mi madre había encontrado empleo como empleada en San Borja, cuatro días a la semana donde los Azcárate, una pareja amable que tenía un hijo de mi edad. Sus patronos eran generosos, considerados, y comprensivos en extremo, especialmente después de que Don Hugo nos dejó. Nos prestaron dinero y ayudaron a pagar mis estudios cuando mi viejo abandonó también esa responsabilidad. Nunca la obligaban a quedarse hasta tarde, así que ¿dónde podría estar?

Elisa me observó con cierta timidez. "Sabes, Chino, ella ahora se está quedando con la negra. Con la familia de Carmela, en La Victoria."

"¿Desde cuándo?"

"Desde que tu papá se enfermó, Chino."

Elisa me hizo señas para que no me moviera mientras le vendía un kilo de azúcar a una mujer mayor con un vestido verde claro. Enrollé el periódico como una apretada batuta. Empecé a golpearlo contra el muslo. Pensé detenidamente en la noticia que me acababa de dar Elisa, en su posible significado. El nivel de debilidad de mi madre, su desconcertante ausencia de orgullo. ¿Cómo funcionaría ahora el acuerdo para cada una de ellas, ahora que el hombre que las había unido estaba muerto? Carmela administraba una tienda de ropa, un negocio que había empezado con una inversión de mi padre. Con *mi* dinero probablemente, con la plata que tenía que haberse invertido en *mis* libros, en *mi* educación. El negocio había tenido éxito, pero, me preguntaba, ¿sería suficiente para mantener el dolor de dos viudas y tres hijos, dos de los cuales, por lo menos, estarían aún en la escuela?

Elisa volteó de nuevo a mirarme después de que su clienta se alejó.

"¿Viene entonces por aquí? ¿Alguna vez?" pregunté.

"¿Tu mamá? Algunas veces. La vi por aquí hace unos días. Yo no pregunto mucho, ya sabes. Se siente avergonzada. Tiene miedo de lo que puedas pensar."

"Ella sabe exactamente lo que pienso."

Elisa suspiró. "No quería que supieras."

"Entonces no debió decírmelo."

Elisa se echó para atrás contra la puerta metálica a la entrada de su tienda. "¡Oscar!"

"Disculpe, vecina." Bajé los ojos a los pies como un niño malcriado, y estampé las huellas de los zapatos en la tierra polvorienta. "En todo caso, gracias."

"Cuando la vea, le diré que estuviste por aquí. O sabes una cosa, Chino, si quieres tú podrías . . ."

"Gracias, vecina."

Era tarde. Desde mi antigua calle, yo solía cortar camino cruzando el descampado que había detrás del mercado, pero ahora resultaba un riesgo innecesario. Los drogadictos ya estarían afuera. Quizás, entre el intermitente fuego de sus ritos, hubiera reconocido a un viejo amigo, pálido, extraviado. Tomé la ruta larga hacia la avenida.

Traté de imaginar a mi madre en su nueva casa, durmiendo en el cuarto de huéspedes o en una colcha que recogería cada mañana. Ella y Carmela compartiendo anécdotas y lágrimas, perdonando al viejo en un nostálgico dueto de viudas. ¿Qué podrían tener en común las dos mujeres? Carmela era una limeña, una mujer de negocios; sabía cómo funcionaba la ciudad. Mi madre apenas era una niña cuando conoció a mi viejo, tendría escasamente quince años. En Lima, mi padre había aprendido a bailar salsa, a beber y fumar, a pelear, putear y robar. Mi madre ignoraba todo esto. Ella había esperado a que Hugo llegara a la casa y le propusiera matrimonio. Incluso ahora, mantenía su acento serrano. Durante años sólo había tomado una única ruta de bus—"el bus verde grande," lo llamaba—que la llevaba hasta la casa de los Azcárate. ¿Qué podían compartir mi madre y Carmela que no fuera otra cosa que un campo de batalla? Mi madre había capitulado. Me producía vértigo. Era el tipo de humillación al que sólo una vida como la de ella hubiera podido prepararla.

Los sábados, cuando llegamos por primera vez a la ciudad, me llevaba con ella a la casa de los Azcárate. Subíamos a ese gran bus verde, mi madre siempre tensa, viendo pasar las calles con su gris monotonía, temerosa de pasarse de paradero. Como yo era un niño y no un empleado, contaba con la posibilidad de cruzar ciertas líneas. Los Azcárate eran tolerantes conmigo, y yo nunca me sentí fuera de sitio en su casa. Ponía mis libros en la mesa del jardín y hacía mis tareas, tarareando canciones. Algunas veces su hijo Sebastián y yo jugábamos a la guerra, escenificando batallas épicas con tropas de soldaditos de plástico.

A mi madre le gustaba todo lo que encontraba en esa casa. Le gustaba el orden que tenía. Le gustaba el fino material de la alfombra café dorada. Incluso le gustaban los libros, a pesar de no poder leerlos, por la idea de progreso que representaban. Si yo empezaba a molestarla en la cocina, siempre me espantaba diciendo: "Anda y agarra un libro, Chino. Ahora estoy ocupada."

Un día me encontraba sentado con ella en la cocina cuando le pregunté por qué nos habíamos mudado. Bajo el confort de esa cocina, yo sabía que esto era mejor que aquello, pero, por la manera como mi madre hablaba algunas veces de Pasco, uno podía imaginarse un extenso y fértil valle, con clima templado y gente amable, en lugar del pueblo minero violento y pobre que en realidad era. Lima la asustaba. Ella se sentía segura exclusivamente en dos lugares: nuestra casa y la casa de los Azcárate.

"Tuvimos que hacerlo, Chino. Tu papá estaba aquí." Estaba preparando un pastel y batía la mezcla con una espátula. "¿No extrañas Pasco?"

No tenía que pensarlo demasiado. "No," dije. "¿Tú lo extrañas, Má?"

"Claro que sí," contestó.

"¿Por qué?"

Se puso seria. "¡Allá están tus abuelos! ¡Yo crecí allá! Chino, ¿cómo puedes preguntar esas cosas?"

"No sé," respondí, pues no lo sabía. Ella era un misterio para mí, con su sentimentalismo sobre la vida que había dejado atrás. "Allá hace frío."

"Si vivieras lejos de mí, ¿no me extrañarías?" preguntó.

"Claro, Má."

"Así me siento yo."

"¿Por qué no vienen ellos a vivir a Lima?" pregunté.

"Ay, Chino, son muy viejos. No les gustaría este sitio. Lima es muy grande. Yo nunca me voy a acostumbrar."

"Papi no extraña Pasco."

Mi madre sonrió. Lima era su territorio, el lugar donde él podía ser lo que siempre había imaginado que sería. "El es diferente," dijo finalmente. "Y tú, Chino," añadió, "tú eres igualito a tu papá."

Me senté en el Jirón, observando pasar a Lima. Estaba en un centro comercial pedestre con asaderos de pollos y tiendas de tatuajes, de relojes robados y CDs piratas. Viejos edificios coloniales groseramente recubiertos de avisos luminosos y anuncios publicitarios. Jeans hechos en Gamarra para parecerse a Levi's; zapatillas hechas en Llaoca con apariencia de Adidas. Un estrépito de conversaciones y transacciones: dólares para la venta; máquinas tragamonedas; cintas en inglés anunciando: "Mano . . . pausa, pausa . . . *Hand.*" Músicos ciegos cantando canciones. Carteristas esculcando turistas. La ciudad palpitante.

Había leído una y otra vez el obituario de mi viejo, lo leía enfrentado a las otras noticias del día, buscando conexiones, coincidencias, significados. El privilegio de ser periodista, de saber lo cerca que nos encontrábamos del abismo, resultaba algunas veces muy poco útil. El presidente parecía aturdido y desorientado frente a la prensa. Ministros desapareciéndose a medianoche en vuelos charter hacia Miami. La vida seguía en movimiento. Descubrí a un policía recibiendo un soborno, oculto detrás de una puerta de callejón. Una monja intentó pegarme un lacito a cambio de una donación. La despedí con mi sonrisa más amable.

Entonces, desde la Plaza San Martín, el mundo entero parecía venir corriendo hacia mí y pasó por mi lado hacia la Plaza Mayor. Las puertas metálicas a todo lo largo del Jirón empezaron a cerrarse con estruendosos ruidos metálicos. Las tiendas cerraban con los clientes adentro. El policía desapareció. Imaginé lo peor: una turba de fanáticos de fútbol borrachos destrozando y saqueando todo, violando y robando. Corrí hasta el final de la calle y vi a la multitud dispersándose. El Jirón quedó vacío y me encontré de frente con una de las escenas más extrañas que había visto nunca.

Quince muchachos lustrabotas.

El grupo caminaba en filas de tres, venían vestidos con ropa de segunda mano, zapatillas deportivas con las suelas gastadas, camisetas donadas con logotipos norteamericanos. Algunos eran tan niños que se veían diminutos con sus implementos. Uno arrastraba su caja de madera sin importarle cómo rebotaba sobre los adoquines de la calle. Todos eran flacos y frágiles pero todos sonreían. Mientras marchaban hacia donde me encontraba, un payaso en zancos, el doble de su estatura, los dirigía bailando elegantemente a su alrededor haciendo ochos, los brazos extendidos como las batientes alas de un pájaro.

Una vez estuve saliendo con una chica, Carla, que había usado zancos para un circo de jóvenes en su iglesia (de hecho los necesitaba), cuyas manos y pies y piernas y pechos diminutos perdieron pronto todo su encanto para mí. Desnuda, se veía demasiado compacta y parecía casi gruesa. Vestida, manipulaba sus formas con jeans apretados y tops aún más apretados. Cuando se desvestía, su cuerpo se aflojaba y escurría, y se tumbaba de espaldas frente a mí, un tanto avergonzada. Carla vivía en San Miguel, cerca del mar. A veces íbamos hasta el océano y observábamos las espumas de agua grisácea y salobre avanzando como rizos contra la costa, el incumplido compromiso limeño con el agua. Una vez trajo sus zancos, asegurando que no los había usado en años. En esa época ella ya empezaba a aburrirme, pero yo nunca había visto tan de cerca a nadie subido en zancos, como tampoco había salido nunca con una chica más alta que yo. La ayudé a subirse, y de repente se vio imponente, medio cuerpo más alta que yo. La chica tímida y cautelosa que había conocido desapareció de pronto. Todo lo suyo se veía ahora más grande, más completo. Su rostro había desaparecido bajo el resplandor del sol poniente. Era un monumento. Danzó por entre la gravilla, dándome unas palmaditas en la cabeza. Me sentí de nuevo como un niño. Desde abajo, sus senos se veían más grandes, sus caderas más esbeltas. Se reía despreocupadamente. Estiré los brazos y la tomé por los muslos, hundiendo los dedos entre sus robustas carnes. Estuvo a punto de caerse pero la sostuve. Bajé el cierre de su jean con los dientes, enterré la cara entre sus piernas, y así veneré a la majestuosa mujer que se encontraba delante mío.

Volví mi atención con asombro al paso de las manifestaciones frente a mí, y los muchachos ahora sólo susurraban sus reivindicaciones, y el pánico se apaciguaba. ¿Se había tratado de un simulacro? ¿De alguna clase de broma? Los dueños de los negocios y sus clientes emergían de sus refugios, aliviados y confusos. Lima volvía a poner en práctica sus trucos.

Yo tenía doce años cuando me enteré que mi viejo tenía otra veta. El esquema era más o menos el siguiente: instalas un nuevo cuarto de baño, o pones los azulejos a una cocina, o agregas un tercer piso a una casa en Surco o La Molina. Eres un trabajador modelo, siempre amable y respetuoso. No pones la música demasiado fuerte. Te limpias los pies al llegar y dejas todo limpio al salir. Mientras tanto, llevas a cabo el verdadero trabajo con tus ojos: Televisor, *check*. Equipo de sonido, *check*. Computadora, *check*. Joyas, *check*. Cualquier electrodoméstico se puede vender: aparatos de cocina, incluso los relojes de pared. La ropa fina también, especialmente la de mujer. Exploras el terreno buscando ventanas sin cerradura, paredes delgadas, accesos traseros. Le sigues la pista a los horarios: las horas en que el esposo está en el trabajo, en que la esposa está en el salón de belleza. La hora a la que llegan los niños del colegio. Cuando está sola la empleada.

Mi padre y su equipo eran astutos y pacientes. Podía esperar por meses y hasta por un año. Algunas veces el guardia de seguridad del vecindario también estaba metido; por una pequeña cantidad les podía pasar el dato de cuando una familia se encontraba fuera de la ciudad. Muchas veces, la empleada corría con la peor parte: el susto, y a menudo la culpa.

Recuerdo una noche en la casa. Estaban planeando algo, o, tal vez, celebrando. Había seis y yo conocía a varios de ellos, tanto que los llamaba *tíos*. Pasaban mucho tiempo en la casa, bebiendo con mi padre y jugando fútbol los domingos. Esa noche se sentaron todos juntos, hablando en voz baja, estallando de vez en cuando en carcajadas. Me llamaron para que les trajera más cervezas de la nevera. Le pasé una cerveza fría a mi padre, que la recibió sin mirarme, atento a lo que su socio Felipe estaba contando. Yo también escuché lo que decía: "Siempre trato de darle bien duro a la empleada," decía Felipe orgulloso. "Y además siempre intento romper algo, para que así la familia no crea que ella también estaba metida." Todos celebraron esta especie de generosidad perversa. También mi padre. Permanecí al borde del círculo mientras se pasaban uno a uno las cervezas. No lograba entenderlo del todo. Sí pude imaginar a mi madre desplomándose, golpeada y sangrando en el piso.

El día de San Valentín hice negocio con una puta. En honor a mi viejo, supongo. Era un domingo, así que los novios contaban con el día entero para acariciarse en el parque, manos metiéndose furtivamente por debajo de las blusas, pulgares e índices abriendo botones con avidez. Lima es una ciudad diligente, incluso durante los días de fiesta. Las prostitutas trabajan horas extras porque saben cómo somos. Yo no me sentía particularmente solitario—mi vida es lo que es—pero me encontré ese día caminando, distraído, sin sentirme muy seguro de que lo estaba buscando realmente. Me dije a mí mismo que había salido a buscar algo de aire. Y entonces ahí estaba, deambulando por la ciudad, a lo largo de la Avenida Tacna, por las máquinas tragamonedas y los vagabundos dormidos en las bancas. Aún había mucha gente afuera: los andenes atestados, la corriente de transeúntes arremolinándose en las esquinas. Los colectivos en dirección al Callao tocaban la bocina, llamando la atención de los pasajeros. Y ahí mismo empezaba el desfile: altas, bajas, gordas, flacas, viejas, jóvenes. Debajo de los arcos de las puertas de entrada, o recostadas contra las paredes sucias: chinas, cholas, morenas y negras.

No decían nada; simplemente lo miraban a uno mirándolas. Y uno lo hace. Y yo lo hice. Se me ocurrió que deseaba echarme un polvo. La idea me hizo sonreír. Les presté mayor atención, empecé a caminar más lento y esperé a que alguna me mirara a los ojos.

Yo solía pensar que así fue como mi viejo había conocido a Carmela. Que él la había escogido en una vía de prostitutas, de putas desfilando ansiosas por tener una aventura amorosa con un ladrón seguro de sí mismo, sonriente y trabajador. Esa lógica se adecuaba a mi rabia: su nueva esposa, una prostituta común y corriente. Por supuesto no sucedió así. Tal vez él quería a Carmela. Tal vez ella le hacía sentir cosas que mi madre no podía. No me importa. Uno no hace esa mierda. Uno va por ahí acostándose. Uno se tira a otra mujer en la oscuridad anónima del cuarto alquilado de un hotel. Uno bebe con los amigos y les cuenta la historia y se ríe y se ríe y todos carcajean. Pero ¿enamorarse? ¿Se deja arrastrar uno hacia otra vida paralela, hacia otro matrimonio, otro compromiso?

No. Uno regresa a la casa donde espera su esposa. Uno vive con las decisiones que ha tomado.

"¿Qué miras, muchachón?"

Mi ensoñación había concluido. La puta se chupó los labios.

"Tu culo, niña," dije, y ella sonrió pícaramente.

"Puedes hacer mucho más que mirar, sabes," contestó.

Era mi turno de sonreír. Revisé el bolsillo por plata, sentí los bordes arrugados de un único billete usado. Sería suficiente. La avenida estaba oscura, iluminada apenas por las bombillas anaranjadas de la calle. Entrecerré los ojos y me acerqué. Era una hermosa negrita. Llevaba puesto un top azul apretado, generosamente revelador. Una de las tiras le colgaba ligeramente del hombro. La mujer me puso la mano en el estómago, la palma totalmente estirada sobre la camisa. Los afilados bordes de sus uñas subían y bajaban contra mi piel. Estaban pintadas de rojo. Su sonrisa era casi la cosa más obscena que yo hubiera visto nunca. La ciudad había quedado vacía y quedábamos sólo los dos. "Vamos," le dije.

Villacorta estaba preguntado por el artículo. Yo evitaba cruzarme con él. El gobierno no había caído y las protestas continuaban.

Un grupo de trabajadores desempleados del sector textil quemaban llantas y hacían saqueos en El Agustino. Había rumores de que el presidente no regresaría después de su último viaje oficial. Contaba con esta noticia para ahogar mi historia sobre los payasos y no dejarle sitio en la sección de noticias del domingo siguiente. Una semana extra sería de gran ayuda.

Trabajaba y dormía y trabajaba, y pensaba lo menos posible en mi viejo, en mi madre, en Carmela. Pensaba en los payasos. Se habían convertido, para mi asombro, en una especie de refugio. Una vez comencé a buscarlos, me los encontraba por todas partes. Ellos organizaban la ciudad para mí: buses, esquinas, plazas. Se correspondían con mi estado de ánimo. Al apropiarse del absurdo, al someterse a la deshonra, la transformaban. Ríanse de mí. Humíllenme. Y mientras lo hacen, yo he ganado. Lima era, de hecho y de espíritu, una ciudad de payasos.

El calor de febrero sofocaba la ciudad, incluso después de oscurecer, y en las noches yo raramente me alejaba más allá del bar en el piso de abajo. Los ventiladores del techo daban vueltas, agitando el calor de un lado a otro. Me gustaba escuchar el murmullo de una docena de conversaciones distintas, el tintineo de las copas, los aplausos entusiastas en el cuarto de atrás. Me hacían sentir menos solo.

Una noche, un payaso se sentó en la barra al lado mío. Lo reconocí. Trabajaba durante las mañanas frente a San Francisco, para los niños que iban allá en excursiones escolares. Identifiqué los cuadros rojos y naranjas de su traje. Por lo general lo acompañaba un socio, pero ahora se encontraba solo, cansado, con medio traje puesto, de regreso a casa. Como yo, quizás él también necesitaba tomarse un trago que lo ayudara a dormir. Debía haber dejado que continuara su recorrido, pero antes de darme cuenta, dije sin pensarlo, "Eres un payaso."

Se dio la vuelta, desconcertado, y me miró directamente a los ojos. "¿Me lo preguntas o me lo estás diciendo?"

"Te lo pregunto, amigo."

"¿Y quién chucha eres tú?" Su gesto ceñudo era lo menos cercano al de un payaso, un tipo de mirada que hubiera espantado a cualquier niño. Tenía restos de maquillaje blanco entre las arrugas alrededor de la boca.

"Oscar Uribe," dije. "Escribo para *El Clarín*."

"¿El periódico?" Se volteó entonces, de regreso a su intención de ordenar un trago. Arrastré dos sillas hasta una de las mesas al lado de la barra y agarré mi botella de vino rojo.

"¡Maestro!" llamé al mesero. "¡Otra copa, por favor!"

El mesero me respondió con un gesto de la mano. Miré de nuevo al payaso, señalándole la silla vacía. Se encogió de hombros y se sentó.

Su nombre era Tonio, y no tenía toda la noche.

Pero no dejé de servir vino. Me encontré entonces hablándole sobre mi madre, sobre mi viejo. Sobre Pasco y San Juan. El escuchaba y bebía. Después él me habló de su pueblo natal en el norte, de su llegada a Lima sin un centavo. Contó que vivía debajo del puente de Santa Rosa. ¿Y lo del payaso? "Es un trabajo, hermano. Mejor que unos, peor que otros," comentó. "No soy muy bueno para otras cosas. Es ésto o robar."

"Amén," dije.

Confesó lo maravilloso que se sentía transformarse en alguien distinto para ganarse la vida, estar ahí afuera en la calle en un día soleado. Dijo que los niños tenían una expresión dulce y que lo conmovía verlos contentos. Se quejó de tener que competir con todos los otros don nadie sin empleo que vendían dulces en los buses.

"¿Alcanza para pagar las cuentas?".

"No necesito demasiado," dijo, asintiendo. "Ni esposa. Ni hijos."

"¿Cómo te decidiste por este trabajo?"

Entonces sonrió de manera tan inesperada que sospeché que me había comprendido mal. Y era una hermosa sonrisa, una verdadera sonrisa de payaso. Con el pulgar, se restregó la pintura que aún tenía entre las arrugas de la cara. Su expresión me confirmaba que yo no había comprendido nada. "No, causa," dijo, sacudiendo la cabeza. "La cosa es así: te despiertas una mañana y ¡boom! eres un payaso."

El señor ingeniero Hubert Azcárate abrió la puerta. Estrechó la mano de mi padre, me dio unas palmaditas en la cabeza, y nos invitó a entrar a los dos con una señal. Me limpié los zapatos tres veces, sacudiéndolos una y otra vez sobre el grueso tapete de entrada. Yo había estado ahí muchas más veces que mi padre. Él seguía con atención todos mis movimientos. Había tres escalones y al final del *lobby* el salón se abría hacia un amplio espacio lleno de luz. Un sofá en forma de L y un sillón forrado en cuero estaban acomodados alrededor de una mesita de centro de madera. Estanterías empotradas a lo largo de las paredes guardaban cientos de libros. Yo los había examinado ya con anterioridad. Había leído varios. Las ventanas daban sobre una terraza afuera al aire libre con árboles y pasto y flores con retoños de colores cálidos.

"¡Mari!" llamó el señor Azcárate. "¡Su esposo está aquí, con el Chino!"

Mi madre apareció por la cocina, un poco sorprendida de encontrarnos ahí. Su uniforme era de un blanco inmaculado. Nos besó a los dos en la mejilla, y entonces preguntó, preocupada, "¿Qué están haciendo aquí?"

El señor Azcárate ya se había dirigido hacia su confortable sillón de cuero y nos observaba, sentado, con cierto aire de benevolencia patriarcal. "Ah no se preocupe, Mari," dijo. "Su esposo sólo quiere conversar conmigo. No hay ningún problema."

"Vuelve a la cocina," dijo mi padre. "Antes de irnos vamos y te decimos adiós."

"Espera, Mari," la llamó el señor Azcárate. "Tráeme un poco de café. Ya sabes como lo tomo. ¿Quieres café, Hugo?"

"No, no, gracias."

"No hay problema. En serio. Mari, tráenos dos cafés." Ella asintió con la cabeza y salió.

Mi padre se sentó. Empezó por enumerar las razones por las que estábamos tan agradecidos con el señor y la familia Azcárate. La generosidad, la solidaridad, la comprensión. "Las cosas no siempre han sido fáciles, pero siempre le digo a Mari, se lo repito todos los días, Dios nos estaba sonriendo cuando encontró este empleo."

Nunca antes había escuchado a mi padre invocar el nombre de Dios por una razón que no fuera la de hacer algún comentario sobre el clima.

El señor Azcárate asintió con la cabeza, *sí, sí, sí,* apreciando la gratitud de mi padre. Era un hombre delgado, cuyos ojos azules claros se habían vuelto más prominentes a medida que su pelo se volvía más escaso. A menudo arrugaba los ojos cuando hablaba, como si nosotros nos estuviéramos alejando y pudiera perdernos de vista. "Por favor, por favor, Hugo. Continúe."

"Señor ingeniero, en el nuevo colegio del Chino," continuó mi padre, "seguramente todos van a tener mucha plata." Yo estaba por empezar a estudiar en un colegio privado en San Isidro, donde los Azcárate habían pagado por una beca.

"¿Te preocupa lo de la matrícula?" preguntó el señor Azcárate. "Le expliqué a Mari que todo ya estaba cubierto, excepto los uniformes."

"No, no, no es eso." Mi viejo buscaba las palabras correctas. "Sabe, señor ingeniero, yo soy constructor. Trabajo casi todos los días, quiero decir, todos los días que puedo." Me pasó el brazo por encima. "Estamos tan orgullosos del Chino. Yo siempre supe que él era el inteligente. Pero, ya sabe, nos matamos para pagar por una cosa y la otra. No siempre hay trabajo, esa es la cuestión . . . Y me da mucha vergüenza tener siquiera que preguntarle, después de todo lo que usted ha hecho por nosotros."

"No, no, díme, Hugo, por favor," el señor Azcárate se inclinó hacia mi padre. El silencio de mi padre era calculado. "¿Desde cuándo trabaja Marisol para nosotros?" quiso saber Azcárate. "Se lo voy a decir: lo suficiente como para que forme parte de nuestra familia." Sonrió y entonces volteó a mirarme, hablando como si se dirigiera a un niño de cinco años. "Tú eres de la familia, Chino, lo sabes ¿no es verdad? Tu papá también es de la familia."

Asentí, perplejo. Finalmente, mi padre habló, y esta vez fue directo al grano. "Quería saber, si es posible, si alguien en el nuevo colegio del Chino necesitara algún tipo de trabajo en su casa . . ."

"Bueno, no sabría decirlo."

"No, pero si hubiera alguien, ¿podría usted recomendarme? ¿Para el negocio?"

Este era el tipo de favor preferido por el señor Azcárate: el tipo de favor que podía llevar a cabo. El tipo de favor que confirmaba su particular caridad. Era un buen hombre, lo era de verdad. Prometió que lo haría. Mi padre sonrió complacido. "Dale las gracias al señor Azcárate, Chino," me dijo. Estreché la mano venosa del ingeniero. Enseguida mi padre le dio nuevamente las gracias efusivamente. Los dos hombres se abrazaron. "No sabe lo que esto significa par mí," dijo mi viejo.

Mi madre apareció con el café.

Durante toda mi vida, he sido Chino. En Pasco, en Lima. En la casa, en el barrio. Así como otra gente es Chato o Cholo o Negro. Escucho esas dos sílabas y levanto la cabeza. Existen miles de nosotros, por supuesto, quizás cientos de miles, aquí y en todos los lugares donde se habla español. Ningún otro apodo puede ser menos original. Hay jugadores de fútbol y cantantes conocidos como Chino. Uno de nuestros presidentes vivió y murió bajo su mote: *Chino de mierda.* Aún así, es mi nombre, y siempre ha sido mi nombre. Hasta cuando comencé a estudiar en el Peruano Británico. Ahí, me llamaban Piraña.

Las pirañas ya eran un fenómeno en Lima para cuando empecé la secundaria. Las autoridades habían ordenado abrir investigaciones y la policía organizaba redadas. Había reportajes en las noticias, con imágenes chocantes. Una ciudad asediada. En grupos de a quince o veinte, se lanzaban sobre un automóvil y lo desmantelaban a una velocidad inaudita y sin compasión. Las copas de las llantas, los espejos, las luces. El cardumen del tráfico retenía inmóvil a la presa; el dueño del automóvil, impotente, tocaba la bocina de manera frenética, conciente quizás de que lo más prudente era no hacer absolutamente nada. Esperar simplemente a que pasaran. Pero esa era sólo una opción pasajera. Algunas bandas más audaces empezaban ya a romper ventanas, agarrando maletines, teléfonos celulares, relojes, gafas de sol, radios. "Servicio completo," bromeaba la gente en tono sombrío. Una nueva forma de crimen, comentaban los sociólogos. Y entonces algún observador astuto—del tipo de los que trafican con frases—los llamó "pirañas."

En la mañana de llamada a lista en el patio de mi nuevo colegio, mi clase se alineó en una sola fila. Encontré mi lugar en el orden de los últimos nombres, Uribe, casi al final de la fila. Ugaz frente a mí. Ventosilla atrás. Mi uniforme estaba impecable y planchado y me veía, por lo menos desde la distancia, como uno de los otros. El profesor nos llamaba, y uno a uno marchábamos hacia nuestro nuevo salón de clase. No fue sino hasta el recreo de esa tarde que mis compañeros me buscaron. "Oye, ¿juegas?" El chico sostenía un balón de fútbol en las manos. La pateó hacia mí. Se la devolví, asegurándome de hacerlo con buen estilo. Me presenté como Oscar o Chino. "César," me respondió. Armamos un equipo. Escogimos un chico con lentes y lo pusimos de arquero. Empezamos a jugar. Hicimos goles y nos hicieron goles. Gritamos y sudamos y gritábamos groserías; en un momento dado, cuando le quité el balón a un chico del equipo contrario, él gritó foul y se tiró al piso, se agarró el tobillo, haciendo muecas de dolor. De haber estado en San Juan, lo hubiera llamado marica y eso hubiera sido todo. Pero siguió gritando "¡Oye! ¡Oye!" y entonces paramos el juego. "Aquí eso es foul, huevón," dijo, frunciendo el ceño. "¿De dónde mierdas eres tú?"

No tenía que responder, pero lo hice. Pude haber dicho cualquier lugar de la ciudad, pero no lo hice. "San Juan de Lurigancho," contesté.

Evidentemente, con el tiempo se hubieran enterado de dónde era yo. Me hubieran visto caminar hacia la Avenida Arequipa para agarrar el bus hacia la casa. Se hubieran enterado que yo no vivía ni en La Molina ni en Surco. Pero quizás si no se hubieran enterado de este detalle dcsde el primer día, si me hubieran conocido un poco mejor, no me hubieran asociado con la reputación criminal de mi distrito.

"¿San Juan?" dijo el chico, soltando enseguida una risa burlona. "Ooooohh . . . Habla piraña."

Me encontré con Tonio la mañana siguiente a las ocho y media frente a San Francisco. Ya venía vestido y maquillado. Yo aún seguía con sueño y con la resaca del vino tinto. Me presentó a su socio, un payaso de cara amarilla llamado Jhon.

"¿Tú eres el reportero?" preguntó Jhon con suspicacia.

"Pórtate bien," le dijo Tonio.

Sacó de su morral un inmenso traje con pepas. Era blanco con puntos verdes. Me quedaba como una bolsa de basura. Tonio aseguró que me quedaba perfecto. Jhon estuvo de acuerdo. Después vino el par de zapatos verdes. Los pies me bailaban adentro. Medían el doble de mi antebrazo. Después Tonio me pasó un espejo y tres cartuchos de pintura facial, cada uno del tamaño de un rollo fotográfico. "Tú te haces cargo de eso," dijo, sosteniendo un pincel delgado.

Sentí que yo era otro, que me miraba a mí mismo sin reconocerme. Los detalles de la conversación de la noche anterior los tenía tan borrosos y sumergidos en vino que no podía recordar con exactitud cómo había terminado ahí y qué tipo de compromisos había adquirido. En el espejo, observé mi transformación. Me apliqué un par de círculos rojos en las mejillas. Jhon me alcanzó una nariz. Se trataba de una inmensa bola de ping-pong cortada por la mitad y amarrada a una banda de caucho. Me quedó muy bien. Por último, Tonio sacó del bolso un gastado gorro de bufón; los bordes en punta me caían sueltos sobre la cara. Era todo lo que había. Ese era mi disfraz.

Al caminar por la ciudad, como un tercio de este trío de payasos, me sorprendió descubrir lo tranquilo que me sentía, y cuán invisible. Cualquiera hubiera pensado que las miradas de todo el mundo se concentrarían sobre nosotros, sobre nuestros trajes chillones y nuestras sonrisas pintadas a mano, pero la gran mayoría de la gente simplemente nos ignoraba, pasando a nuestro lado sin siquiera echar un vistazo; sólo los niños sonreían y nos señalaban, hasta algunas veces nos saludaban con un apretón de manos. Jhon y Tonio conversaban sobre fútbol, yo simplemente observaba y escuchaba como entre sueños. Eramos un grupo de fantasmas entre la multitud, otros tres ciudadanos empleados por la gran ciudad, despiertos y con vida en la mañana de un jueves.

Dejamos pasar algunos buses porque iban con muy poca gente. "Trae mala suerte al comienzo del día," explicó Tonio. Finalmente, Tonio nos hizo una seña cuando se aproximó un bus mucho más lleno. Pasamos por delante del cobrador y de inmediato entramos en escena, todas las miradas puestas en nosotros. "¡Señoras y Señores, Damas y Caballeros!" Nos acomodamos en fila, Tonio en el centro, gritando con fuerza contra el asmático ronroneo del motor. "¡No estoy aquí para pedirles caridad! De hecho, ¡yo soy un hombre rico! ¡Este es mi bus! ¡Este es mi chofer! Y *éste*," y Tonio levantó aún más la voz, señalando al cobrador, que colgaba medio cuerpo fuera del bus anunciando la ruta, "*éste* es mi mascota."

Jhon era el coro, repitiendo cada una de las declaraciones hechas por Tonio, en la misma voz estereotipada de borracho sacada de alguna canción de Rubén Blades. Fingía caerse, y Tonio pedía disculpas avergonzado por su socio borracho, que se había pasado la noche anterior "celebrando la compra de una nueva casa de tres pisos en San Borja."

Me sentía inútil. Lancé mi tonta sonrisa de payaso y me golpeaba ligeramente el pecho con la punta de los dedos. Podía sentir la pintura transformándose en una desagradable capa seca, inmovilizando los músculos de la cara en una contorsión anormal. Me sentí aturdido, casi mareado, a medida que el bus aceleraba sobre la avenida. Mis dos compañeros hablaban pero yo apenas podía escuchar lo que decían. Tonio estaba por terminar. "Mi humilde sirviente—Dios bendiga a este pobre sordomudo—pasará por sus puestos para recolectar su pasaje." Hizo una reverencia y me hizo una señal con la cabeza.

No estábamos vendiendo nada; se trataba de un hábil engaño que Tonio había concebido para abaratar costos. Se trataba de *nuestro* bus; caminé a lo largo del pasillo del bus, recogiendo la plata. "Pasajes, pasajes a la mano," murmuré, de la misma forma que lo haría cualquier cobrador. Algunos pasajeros, medio dormidos, apenas abrieron los ojos y me pasaron una moneda sin pensarlo. Algunos me pusieron el sencillo en la mano, otros incluso me dieron las gracias. La gran mayoría me ignoró, mirando hacia otro lado, incluso hombres y mujeres que habían observado el acto sonriendo.

Recogí un total de cuatro soles con veinte centavos. El bus se detuvo. "Damas y Caballeros, ¡Buen día!" gritó Tonio. Bajamos al sol de la mañana. Todo el asunto había tomado cinco minutos.

Metí una moneda en la ranura y marqué el número de la tienda de Elisa. Era el comienzo de la tarde. Jhon y Tonio estaban sentados en un café al otro lado de la calle, compartiendo una taza de té. Estábamos de regreso en el centro, tomando un descanso. Nos habían echado de algunos buses, nos habían lanzado monedas, nos habían escupido. Pero aún así habíamos recogido algo de plata. Un día bueno, me había asegurado Tonio, mejor que lo normal. Los dos parecían contentos.

El teléfono timbró y timbró en San Juan, hasta que por fin Elisa contestó. Me preguntó cómo estaba.

Miré la agitación que había en la calle, la gente caminando sin rumbo o de regreso a sus casas. "Estoy en la oficina, vecina, no puedo hablar muy largo." Le pregunté si había visto a mi madre.

"En el funeral, Chino. ¿Por qué no fuiste?"

"Tenía que trabajar. No pude llegar. ¿Dijo algo ella?"

"Ella te extraña, Chino," escuché que Elisa suspiraba. "Dijo que todo estaba bien con Carmela. Que tal vez va a vender la casa."

No contesté nada.

"Chino, ¿estás ahí?"

"Sí, aquí estoy."

"¿La vas a visitar?"

Tonio y Jhon estaban pagando su taza de té, regateando por un poco más de agua caliente. Contaban la plata en monedas de a diez centavos. La mesera intentaba reprimir una sonrisa. Jhon se recostó sobre el mostrador y le lanzó un beso. Eran dos payasos encantadores. "Gracias vecina," dije y colgué el teléfono.

Mi nuevo apodo no sólo me había etiquetado como alguien peligroso sino que además me había debilitado. Nunca les parecí aterrador. Yo era un chiste. No representaba nada, excepto quizás una equivocación. Un chico aplicado venido del "gueto." Era demasiado flaco. Demasiado débil. Incluso, hasta cuando jugaba bien o corría rápido, me lanzaban insultos. En San Juan, bromeábamos sobre cómo yo iba a darles duro a estos pitucos, pero la realidad era completamente distinta. Ellos esgrimían su poder despreocupadamente, algunas veces hasta de forma inconsciente. Podían excluirme con un comentario o sólo con el silencio. "Ya es hora de que empieces a trabajar," anunció mi padre.

Era mi segundo año en el Peruano Británico. Tenía casi catorce años. A lo largo de más de un año, nunca había sido invitado a la casa de ningún compañero de clase. Todos los días viajaba en el bus de San Juan a San Isidro en silencio.

Yo había pensado mucho respecto al estilo de "trabajo" de mi padre. Lo había considerado bajo las reglas de la ética y la ley. No estaba bien. Sin ninguna duda. Pero cuando mi viejo me anunció que ya era hora de ponerme a trabajar, mi mente revivió todo un año de insultos dispersos y los entretejió todos. Volví a saborear esas heridas, e imaginé lo placentero que sería entrar a la casa de uno de esos chicos, intercambiar sonrisas, inclinar la cabeza y estrecharles la mano. Trabajar ahí y después *robar*. Empecé a comprender a mi viejo, o a imaginar que lo entendía. Pero quería estar seguro.

"Quiero trabajar," le dije.

"Claro que quieres. Todo hombre quiere trabajar."

"Pa, ¿vamos a robar esta casa?"

Se echó para atrás. Frunció el ceño. Me había malinterpretado. "¿La gente anda diciendo cosas?"

Asentí con la cabeza.

"¿Y qué es lo que piensas de lo que dicen?" Parecía estar listo a sonreír al menor atisbo de aprobación por parte mía.

"Les creo."

"Bien, Chino," dijo y dejó de hablar.

Quise decirle que *no había problema* conmigo. Que todos

esos ricos de mierda se podían quejar a Dios si no les gustaba. Que se podían ir a Miami para convertirse en gringos. Que si querían llamarme Piraña, entonces era mejor que fueran buenos y estuvieran putamente listos para cuando yo llegara y tomara posesión de todos sus tesoros.

Mi viejo se pasó un dedo por el cabello y parpadeó brevemente. Tenía los ojos grandes y negros muy juntos, la boca pequeña, de manera casi cómica, pero su amplia sonrisa equilibraba todo, ponía orden al revoltijo de sus rasgos. Mantenía siempre el pelo negro peinado meticulosamente hacia atrás. Cuando se relajaba, parecía la caricatura de un indio. Cuando se reía, era como un Clark Gable mestizo. De manera que se reía y sonreía y había hecho de su sonrisa el sello de su personalidad. Me miró a los ojos, su hijo—imaginé—su único hijo. "Chino, sólo somos hombres que trabajan. Tú y yo. En la ciudad pasan muchas cosas locas." Chasqueó los dedos y sonrió. Me abrazó. "¿Okay?"

La esposa tenía buen ojo para los colores. Nos dijo que ella misma había decorado la casa. Nos condujo, a mí, a mi padre y a Felipe, a lo largo de toda la amplísima mansión en las afueras de la ciudad, señalándonos las remodelaciones y los toques de diseño: una pared que habían tumbado, dejando sólo las vigas pintadas. "¿Ven como así se agrega espacio al salón? ¿Cómo da otra sensación?" preguntó. Los tres asentimos, los ojos abiertos y escrutadores. Había claraboyas, terrazas, y un jardín con árboles florecidos, pero estábamos atentos a todo lo que nos pudiéramos llevar: una computadora, un equipo de sonido, incluso una lavadora de platos. Su esposo era ejecutivo de algún banco, un viejo amigo del señor Azcárate. Querían remodelar el segundo piso, añadir un cuarto para el televisor, nos dijo la mujer. No representaría demasiado trabajo, tal vez unas tres o cuatro semanas. Algo de pintura. Una alfombra nueva. Un par de ventanas nuevas y algunos cambios en las instalaciones de luz.

Yo trabajaba los sábados, y veía a mi padre más de lo que lo veía en la casa. Durante la semana, casi siempre se iba. Su hijo menor aún estaba en pañales y mi madre con seguridad para ese entonces ya se habría enterado de lo de Carmela. Cuando mi padre estaba en la casa discutía, pero yo no sabía por qué. La construcción en nuestra casa se había detenido, el segundo piso estaba al aire libre, una gruesa sábana de plástico amarrada a las esquinas de tres paredes. Cuando mis padres peleaban, yo me retiraba allá arriba y observaba las líneas que formaban las crestas de las montañas contra el cielo.

La familia para la que estábamos trabajando tenía un hijo, Andrés, que estaba en un año superior al mío en el Peruano Británico. En su casa me ignoraba. En el colegio, me hacía saber que yo había cruzado la línea. Yo podía sentir las miradas, los juicios. Para cuando él se despertaba los sábados, yo llevaba ya tres o cuatro horas trabajando. Sus fines semana, hasta donde podía ver, tenían la forma de un prolongado bostezo. Yo ponía azulejos en el corredor. El comía cereal. Yo lijaba las esquinas y tomaba las medidas para las estanterías de libros que estábamos construyendo. El hablaba por teléfono, lo suficientemente alto para que yo pudiera escucharlo. "Sí, Piraña está aquí. Seguro que le está echando ojo a mis cosas, huevón." No hacía ningún amago por reprimir el desdén que sentía por mí. Lo escuchaba especular sobre cuál chica sería la primera en dejarse seducir por él ahí mismo. Hasta dónde abriría las piernas. Arrastrando un largo cable detrás de él, desfilaba por toda el área de la obra, quejándose del polvo, exigiéndole a su madre que nos dijera que la lijada le molestaba los oídos. Montaba todo un espectáculo de su poder. Yo bajaba la cabeza en los momentos apropiados y pretendía no escuchar sus palabras.

Un sábado, cuando estábamos próximos a terminar, la familia entera se estaba alistando para asistir a una boda. La madre revoloteaba por todos lados, cambiándose tres veces de vestido. El esposo llegó y nos comunicó que deberíamos irnos un poco más temprano porque todos tenían que salir. Estábamos trabajando de prisa, tratando de terminar, cuando Andrés llamó a su madre, "¡Mami, dile a Piraña que deje de martillar! ¡No puedo ni pensar!"

Apareció entonces en el corredor, vestido con un traje gris de lana y una corbata roja, aún sin anudar. Me observó fijamente.

"¿Cómo fue que lo llamaste, Andrés?" preguntó su madre con disgusto, entrando al salón. Tenía el pelo peinado en un estilo corto, fijo y con laca. Se plantó frente a él, esperando a que contestara.

"Piraña," murmuró Andrés.

"¿Cómo?" preguntó sorprendida, avergonzada. "¿Por qué tienes que llamarlo así?" Entonces volteó a mirarme. "Hijo, ¿cómo te llamas?"

"Oscar, señora."

"Tu mamá trabaja para los Azcárate, ¿cierto?"

Sentí que me ponía rojo. "Sí, señora."

"¿Y en qué año estás?"

"Tercero, señora."

Andrés observaba este intercambio con una resuelta condescendencia. Estaba transformado, con su elegante traje, listo para aparecer fotografiado en las páginas sociales de los diarios de Lima. Era más alto que yo, inmerso en ese momento en su superioridad, honda y áspera. Yo llevaba puesta mi ropa de trabajo, gastada en las rodillas y con manchas de pintura.

"Andrés," dijo su madre, "él es Oscar. Este joven estudia en tu colegio. Es amigo de Sebastián Azcárate. Ahora dale la mano y preséntate como todo un caballero."

Su mirada se endureció, al igual que su mano. La extendió.

"Andrés," dijo.

"Oscar."

Nos estrechamos la mano. *No, tenías razón*, pensé, *Piraña concha e' tu madre. Ese es mi maldito nombre.* Lo miré fijamente y le sostuve la mano, quizás casi demasiado tiempo. Apreté los dedos.

"Ya basta, muchachos," dijo su madre; los dos se dieron la vuelta y salieron.

"Buenas tardes, señora," dije.

Actuamos para los pasajeros en Santa Anita, Villa María y El Agustino. Anduvimos por Comas, Los Olivos y Carabayllo. Tres días. Lima en exhibición, en todo su esplendor, los sistemas de la ciudad adquirieron claridad para mí: sus células, sus arterias, sus múltiples corazones palpitantes. Recogimos risas y monedas hasta que la plata me pesaba en el bolsillo del traje. Yo era un agente secreto. Me crucé con seis personas que conocía, entre ellas, una ex-novia, dos viejos vecinos de San Juan, y una compañera de la universidad. Incluso un colega del periódico. Ninguno me reconoció. Yo también me estaba olvidando de mí mismo, patrullando la ciudad, espiando mi propia vida. Nunca me había sentido de esta manera: expuesto, pero protegido de los ojos intrusos de extraños y conocidos.

Observé a la ex-novia morderse la uña del dedo meñique. Cuando estábamos juntos, ella me parecía el tipo de mujer que florecería, creciendo dentro de sí misma, volviéndose cada vez más atractiva a medida que pasara el tiempo. Pero tenía ahora veintisiete años y aún no era hermosa. La miré a los ojos cuando me pasó una moneda, sentí un estremecimiento cuando su dedo me rozó la palma abierta de la mano. Ella no tenía idea de quién era yo.

Mi viejo le había pasado plata al guardia de seguridad. Nos había dado la hora y el día. Toda la familia se encontraba fuera de la ciudad. Yo había esperado seis meses para esto. Era buen estudiante y me odiaban. Jugaba bien al fútbol y se burlaban de mí. Yo no comprendía una sola cosa sobre ellos, o por qué eran como eran.

Llegamos en la camioneta sin ventanas de Felipe. Me pasaron por encima del muro. Abrí la puerta del garaje y entraron la camioneta en reversa. El resto fue sencillo. El televisor, el VCR, la computadora, el equipo de sonido; bajábamos cada cosa y la acomodábamos con cuidado en la parte trasera de la camioneta. Nos desplazábamos ágilmente por la casa a oscuras, cargando todos los enseres como si se tratara de obras de arte. Y lo eran. Un estilizado teléfono inalámbrico significaba treinta soles. Una licuadora, quince, si uno sabía dónde venderla. Todo avanzaba de una manera tan ordenada y eficiente, que no parecía en absoluto un robo.

En una oportunidad mi padre me había dicho que en Lima cualquier cosa se puede comprar y vender. Caminábamos por el mercado de San Juan, por entre los puestos de frutas, las moscas zumbando sobre la carne y el pescado. Una mujer vendía ropa apilada en montones altos y desordenados. Camisetas del Barcelona falsos. Repuestos de automóviles y bolsos y relojes robados. Un hombre viejo se paraba al lado de su carrito con material de ferretería: martillos, alicates, y clavos, doblados, oxidados, obviamente usados. "¡Clavos usados!," gritó mi padre. "Por Dios, ¿somos tan pobres?"

Hice un último recorrido por la casa. Estábamos a punto de terminar. Esta era mi primera salida, la manera como mi viejo me hacía saber que confiaba en mí. Decidí participar porque yo confiaba en él. Ibamos a estar Okay. Yo estaba seguro. Tendríamos dinero de nuevo. Terminaríamos el segundo piso de nuestra casa y mi madre estaría feliz de nuevo. Los dos estarían contentos. Yo no tenía idea de que él ya se preparaba a dejarnos.

Me entretuve un momento al final de las escaleras, observando el cuarto que habíamos construido. Era algo especial, incluso con el hueco enorme donde había estado el televisor. Me sentía orgulloso de mi trabajo. Unos pasos más allá por el corredor, por los azulejos que yo había colocado, estaba la habitación de Andrés. No estaba buscando nada en particular. Ya nos habíamos llevado su televisor y su reloj de alarma. Encendí la lámpara. En el clóset había media docena de pares de zapatos y varias camisas de cuello duro, blancas y azules. Les pasé la mano por encima. Pasé los dedos a lo largo de la percha y lo encontré: su traje gris de lana. Lo acababa de sacar del clóset cuando entró mi padre.

"¿Qué mierda estás haciendo?" siseó. "¡Apaga esa luz!"

"Perdón," respondí. Estábamos de nuevo a oscuras.

"Nos vamos. Guarda eso," ordenó. "Eso no lo podemos vender."

"Sí podríamos."

"Estamos apurados, Chino. Vamos."

"Es para mí," dije.

"Esto no es una tienda de ropa. No necesitas ese terno."

Tenía razón. No lo necesitaba, no lo necesitaría. No hasta cuando me lo puse para la entrevista en *El Clarín* siete años más tarde. Sabía que me faltaba crecer aún un año o dos más para que me quedara bien, si es que algún día crecía lo suficiente. Se trataba de un anhelo borroso, sin forma, pero real. "Me lo quiero llevar," dije, "para mi cumpleaños."

Apenas si podía ver a mi padre bajo esas sombras púrpuras.

"¿Tu cumpleaños?" preguntó mi padre. Se le había olvidado.

"Bueno, entonces llévatelo."

Seguí dando vueltas alrededor de la ciudad en mi traje verde y blanco y pensé entonces en mi madre. Metí el artículo en un sobre, lo sellé y lo puse en el correo. No me crucé con Villacorta, ni revisé el periódico para ver si lo había publicado. Me separé de Tonio y Jhon, les pagué veinte soles por el traje y los zapatos y los recuerdos. Les agradecí desde lo más profundo de mi nuevo corazón de payaso. Y no ejecuté su acto, ni ningún otro acto. Me gasté los ahorros. Me puse el traje de pepas grandes y me calcé los abultados zapatos. Me maquillé la cara bajo el tenue reflejo del espejo en el corredor. Me puse la bola roja de ping-pong en la nariz, sintiendo la tirante banda de caucho contra el pelo. Y me subí a los buses, pagando el pasaje como cualquier otro pasajero, excepto que no era como cualquier otro pasajero. Sabía que la encontraría. Esta era nuestra ciudad, la de ella y la mía. Nos encontraríamos en alguna parte bajo la lúgubre mirada de Lima.

Fui hasta La Victoria, donde los chicos de la esquina se quedaron mirándome, preguntándose si valdría la pena atracar a un payaso. Caminé por las calles estrechas, mis zapatos como colgajos grandes deslizándose flojos sobre las veredas fracturadas. Me senté en un banco frente a la casa de Carmela y esperé. Mis hermanos negros llegaron y luego salieron a sus escuelas, a sus trabajos. Ni siquiera voltearon a mirarme. Yo era parte del decorado. Un policía se detuvo y me preguntó si me encontraba bien. "Descansando nada más, jefe," dije. ¿Era yo de por aquí? "Soy el hijo de don Hugo." "¿El Hugo de Carmela?" preguntó. Entonces me dejó solo. Carmela llegó a su casa cargada de vestidos y me sonrió, pues ella le sonreía a todo el mundo. Abrió la puerta completamente, y desde el banco miré hacia su mundo, el nuevo mundo de mi madre. Entonces me inundó una oleada de cosas: la calle, la casa. "No te había visto desde que eras así de grande," había dicho Carmela en el hospital. Recordé. Cuando tenía seis años, don Hugo me había llevado a conocer a su querida. Yo nunca había visto una persona negra antes. Lloré y dije que parecía quemada. Ella había soltado una risita y me había pellizcado la mejilla. El me dio un golpe y me ordenó ser amable con mi *tía*. Pero ahora no tuve la fuerza de levantarme y tocar el timbre de su puerta. Yo sabía que ella se portaría amablemente, incluso al verme vestido de esta manera. Tan amable como lo era con mi madre. Ella hubiera contestado cualquiera de mis preguntas, y me hubiera contado cómo había conocido a mi padre, qué sentía por él, las cosas dulces que él le habría dicho. Sin duda, Carmela y mi madre ya habrían conversado sobre todo esto. ¿Qué podía yo revelarles en todo caso? Ellas ya habían resuelto los detalles de su desolación paralela: quién lo tuvo cuándo, quién lo tuvo primero, quién era inocente, quién era culpable. Y ellas lo habían perdonado, y eso era lo más desconcertante de todo.

¿Por qué siempre estabas perdonándolo, Má? El le había

contado todo a ella primero: le contó de tí, de mí, sobre el trabajo que hacía y tenía planeado hacer. El dejó que tú manotearas en la oscuridad, y que te sorprendieras ante los espacios vacíos, y te preguntaras cuáles eran los errores que habías cometido. Y después nos dejó. Y tú lo perdonaste, Má. Tú lo perdonaste.

Después del robo en la casa de Andrés, se repartió el botín, pero mi madre y yo no recibimos nada, excepto el terno gris. A la semana siguiente me encontré brillando y laqueando los pisos de otra casa elegante. Un sábado más, después otro. Acompañé a mi padre y su equipo a otros tres trabajos. Ahora comprendo que el dinero debería estar escaso entonces. Tenía cuatro hijos que sostener. Acabábamos de terminar una obra de dos semanas en una casa cuando Felipe apareció con la camioneta. Recuerdo que me pareció extraño que no dieran tiempo a que el sitio se enfriara un poco. Pensé que entendía la jugada. Le pregunté a mi padre.

"Cállate," respondió. "No hagas preguntas."

Avanzamos por entre las calles oscuras. Me senté en la parte de atrás, sintiendo cómo se mecía la camioneta. No tenía idea de hacia dónde nos dirigíamos, pero cuando me bajé, lo supe de inmediato. Miré a mi padre, horrorizado, aguardando algún tipo de explicación, pero él simplemente se encogió de hombros. *En la ciudad pasan muchas cosas locas.* Me empujaron por encima del muro, al jardín donde yo había jugado de niño. Podía ver a través de las ventanas, las altas estanterías contra la pared del fondo, los elegantes sillones de cuero.

Eran demasiado ricos y demasiado confiados. El guardián estaba dormido sobre una silla destartalada. Abrí la puerta del garaje desde adentro y el hombre se despertó con un sobresalto. Mi padre se lanzó encima y le rompió la quijada. Felipe lo arrastró hasta el jardín y lo amarró a un árbol. El guardián quedó ahí, vendado, amordazado y sangrando, mientras nosotros vaciábamos la casa. Sus posesiones eran tan familiares para mí que sentí que estaba robando mi propia casa.

Era aterrador y al mismo tiempo lógico: el movimiento más arriesgado de todos. Conduje a Felipe y a mi padre alrededor de toda la casa como un guía turístico: no se olviden del microondas y de la licuadora que tanto le gustan a mi mamá. Y, aquí adentro, el reloj y la exclusiva calculadora del ingeniero y el televisor con el control remoto. Había algo hermoso en nuestra silenciosa maestría. Todos serían sospechosos. El jardinero, mi madre, mi padre, yo. Cualquiera de los miembros del equipo que hubiera trabajado en la casa. Y el celador atado al árbol, sangrando sobre un trapo.

La camioneta quedó llena. Era hora de irnos. La mejilla del guardián se le desplomó sobre el pecho, la respiración entrecortada. Tuve la convicción de que él también era uno de los nuestros, y la idea me disgustó. Pudo haber sido cualquier cosa: la luz directa que le caía encima o un espasmo en la cara que me hizo pensar que estaba sonriendo. Le di una patada. Dio un salto brusco poniendo atención, mirando sólo la venda sobre sus ojos. Forcejeó contra el árbol. Alcancé a vislumbrar algo viscoso y sucio sobre su frente. *El color del dinero.*

Mi padre me llamó y desaparecimos.

Salió de donde Carmela y la seguí. Subió al bus que iba hacia Manco Capac. Iba vestida con el uniforme, tan pulcro y tan blanco como una nube alta de verano. No se percató que yo iba detrás, se sentó inocentemente al otro lado frente a mí, sin siquiera voltear a mirar en mi dirección. Cerré los ojos, sentía el estremecimiento del bus avanzando sobre la avenida llena de baches. El cobrador anunciaba la ruta: ¡La Victoria, San Borja! ¡La Victoria, San Borja! Por entre los pasajeros que iban de pie, podía aún divisarla de vez en cuando. Nadie se sentaba en el puesto vacío a mi lado. Entonces se levantó. Bajó y la seguí.

Yo, por supuesto, conocía el camino hacia la que fue mi casa de los sábados, donde alguna vez había acompañado a mi madre y hacía mis tareas en la terraza del jardín. El espacio que mi padre y yo habíamos violado, sacrificando por muy poco el sustento de mi madre. Pero ella siempre había estado a salvo allá adentro. Y, lo peor de todo, yo también. Ellos me habían dejado pasar a su hogar saqueado, consolándome cuando empecé a llorar. "Ya estás muy grande para eso, Chino. Mira, no se robaron los libros." El viejo ingeniero con su corazón generoso, tratando de hacerme sentir mejor.

Me encontraba ahora a una media cuadra detrás de ella, todo un experto en mis torpes zapatos verdes. Caminaba por el andén y yo la seguía, avanzando por el centro exacto de una calle solitaria. "¡Má!," grité. "¡Má!" Giró a medias y aceleró el paso al verme. Caminé a mi vez más rápido para mantenerme cerca. "¡Má!" volví a gritar. "¡Má, soy Oscar! ¡Soy el Chino!"

Se detuvo bajo un árbol florecido y dio un paso hacia la calle. "¿Hijo?" preguntó. "¿Eres tú?"

No la había visto desde el velorio. Había dejado que enterrara al viejo sin mí. Ella le había sostenido la mano y lo había visto morir. Lo había puesto en la tierra y lo había cubierto.

"Soy yo, Má."

"¡Chino!" gritó. "¡Me asustaste!"

"Perdón, Má."

"¿Y esa nariz, Chino?"

Me solté la nariz roja, la dejé caer al piso.

"¿Y esos zapatos? ¿Qué es todo eso?"

Me zafé los zapatos y de una patada los mandé contra la acera. "Estoy escribiendo una crónica, Má. Para el periódico."

Asintió con la cabeza, sin comprender.

"Perdón," repetí.

"¿Dónde has estado, Chino?"

"Aquí y allá," dije. Me quité la peluca. "Pero ahora estoy aquí."

Me abrazó y me revolvió el pelo. Me besó la frente y me limpió la pintura de las mejillas. "¿Estás bien?"

"Estuve donde Carmela, pero no timbré."

"Deberías hacerlo," dijo. "¿Lo harás?"

"No sé," contesté. "¿Preguntó él por mí?"

Mi deseo por saber era en realidad una parodia, pero aún así quería enterarme. Me abrazó más fuerte. La pintura de la cara se me caía en tiras sobre la manga del vestido. "El te extrañaba, Chino," dijo.

Sentí la humedad tibia y salada de su mejilla contra la mía. Era agradable sentirse abrazado.

"Yo también te extraño," dijo mi madre.

"No te voy a dejar más," lloré. Pero enseguida sentí la ráfaga de un profundo estremecimiento. En el fondo del corazón supe que el payaso estaba mintiendo.

suicidio en la
tercera avenida

Llevaban diez días viviendo en el apartamento cuando a David se le comunicó por primera vez que tenía que desaparecer. Ese era el arreglo, lo que habían acordado entre los dos, y él lo haría sin protestar. Guardaron todas sus pertenencias, escondidas en un rincón del clóset, o debajo de la cama, o en el cajón de más abajo, donde resultaba poco probable que buscara la madre de Reena. La maquinilla de afeitar, los interiores, la guitarra, las cámaras fotográficas. "Tus cosas de hombre," dijo Reena, bromeando. A él le gustó la manera como ella lo dijo. David la besó y salió del apartamento hacia la calle. El calor de agosto se había interrumpido y el viento fresco de la tarde presagiaba la llegada del otoño. Soy un buen novio, se dijo David. No era ningún sacrificio. La amaba. Se sentó en la acera al otro lado de la calle frente a su edificio, fumando y esperando la aparición de la señora Shah.

Había visto a la madre de Reena varias veces en fotos y una vez en persona durante la presentación de danza de Reena la primavera pasada. La señora Shah ignoraba que Reena tuviera un novio. Ella no sabía que llevaban dos años saliendo, o que hacía poco empezaron a vivir juntos. Y no podía saberlo. Esas eran las condiciones de la relación, había dicho Reena. Cuando esté lista, se lo contaré. Su padre tampoco se había enterado. Había muerto en abril, ignorándolo todo.

Cuando estés lista, respondió David, asintiendo con la cabeza. Quería mostrarse paciente. No presionarla.

Ahora esperaba y se preguntaba cuánto tiempo exactamente tendría que estar afuera. La brisa arrastró varios restos arrugados de envolturas de dulces hacia el parque al final de la colina. Algunos viejos parados en la esquina hojeaban un periódico que alguien había dejado sobre el capó de un auto estacionado. Uno de ellos saludó a David con la cabeza. En la mitad de la calle tenía lugar un partido de béisbol. Un chico de piernas largas y flacas disparaba bolas altas bateando frenéticamente una pelota de tenis.

David compró un periódico en la bodega y leyó la sección de deportes. Fumó dos cigarrillos. Los viejos se dispersaron y se reunieron de nuevo en otra esquina, acariciando las botellas de cerveza envueltas en sus bolsas de papel marrón. Del equipo de sonido de un auto salió un anuncio del partido de los Yankees. David se había olvidado de vigilar la llegada de la madre de Reena. No la había visto salir de la estación del metro, ni ascender con paso inseguro la colina. En cambio, leía el periódico de cabo a rabo, noticias que lo aburrían por completo. Transcurrió una hora, y casi otra entera. Dio una vuelta alrededor de la manzana y volvió a sentarse. Se acercaba ya el anochecer y de pronto Reena apareció al frente suyo, sonriendo. "Ya se fue." dijo Reena. "¿Vas a subir?"

"¿Qué dijo?" preguntó David.

"Nada realmente."

David revisó su reloj. "¿En dos horas?"

"Bueno . . ."

"¿Le gustó el apartamento?"

"Dijo que era oscuro."

David asintió. *Era* oscuro. "Nublado," añadió, sacudiendo la cabeza. "Nos vamos a enloquecer ahí adentro." Arqueando las cejas, David hizo un gesto de loco. Reena se rió.

El día que arrendaron el apartamento estuvo soleado y claro, una tarde radiante y despejada. Se habían engañado: esa mañana, el reducido espacio les había transmitido un aspecto atractivamente íntimo y cálido. Habían pasado más de una semana desempacando, limpiando y pintando; en ningún momento volvería la deslumbrante luz dorada del primer día. "Indiferente a la luz," fue como Reena describió el apartamento. Afuera, la textura del sol cambiaba siempre: sombras proyectándose bajo diferentes ángulos, transformando la ciudad a medida que avanzaba el día. Pero al interior de su espacio, las paredes permanecían de un mismo blanco apagado, nada resplandecía y nada brillaba. Un azul uniforme les evocaba la mitad del invierno. Era, decidieron, el apartamento más oscuro de la ciudad sin contar los sótanos.

David estiró los brazos. Reena lo jaló para levantarlo. "Ni siquiera revisó el closet. O debajo de la cama. Has salido del apuro." Se mordió el labio y se acomodó un mechón suelto de pelo negro detrás de la oreja. "Aunque sí me preguntó si estaba saliendo con alguien."

"¿Y? ¿Qué le dijiste?"

"Que yo y mi novio criminal hacíamos el amor en la escalera de incendios cada noche."

Reena le tocó la mejilla y David sintió cómo se contraían los músculos de su cara en una sonrisa. Por encima del hombro de Reena, descubrió a los viejos observándolos.

"Bajo las estrellas. ¡Qué romántico!"

"Sin ningún tipo de protección," susurró ella.

"Bebés sin raza."

"Mestizos."

"La mejor clase," dijo él. La respiración de ella le hacía cosquillas en la oreja. Enterró la cabeza en su cuello y percibió cómo se tensaba cuando le mordió el lóbulo de la oreja. La colmó de besos en el cuello hasta que Reena empezó a reírse.

"¿Me dijo que ahora había páginas en internet exclusivas para gente de la India," reveló Reena. "¿Páginas de internet? ¿Te puedes imaginar?"

"Que tan primitivamente moderno." David frunció el ceño y se echó para atrás. "Así que no se da por vencida."

"No."

David sacudió la cabeza y se dio cuenta de que estaba esperando algo. Habían sido dos horas. Sentía que deberían darle las gracias. Permanecieron un rato en silencio. Sobre la vereda, el viento empujaba las arrugadas páginas del periódico.

"Nos trajo fruta," dijo Reena.

"Ooohh."

"No seas imbécil." Enrolló otro mechón de pelo negro entre los dedos y después le tomó la mano.

"¿Crees que vendrá con frecuencia?"

"Probablemente no." Reena le dio un beso. Cruzaron la calle en dirección a su apartamento.

Pero en efecto volvió a aparecer, una vez la semana siguiente, y dos veces más la semana después. Casi enseguida, David comprendió exactamente qué era lo que había detrás de todo. Reena vivía en el apartamento, él estaba de visita. Todas las cuentas estaban a nombre de ella. David había comprado un celular desde que se le prohibió contestar el teléfono del apartamento. Ese era el número al que llamaba la madre de Reena. Durante las primeras semanas de septiembre había aún poco trabajo por hacer, así que a menudo llegaba temprano a la casa, pero terminaba desplazado por la madre de Reena. Acabó por conocer el barrio durante estos períodos de exilio. Caminaba hasta Riverside Park, donde los mexicanos jugaban voleibol bajo la frondosa sombra de los robles. Bebía café en La Floridita y pretendía jugar Lotto con esos lapicitos gruesos de color amarillo. Miraba vitrinas a lo largo de la 125, observaba sin interés las brillantes botas Timberland confeccionadas como si se tratara de SUVs, o las sudaderas FUBU azul clarito en venta por doscientos dólares. Pero siempre antes de salir, David aguardaba la llegada de la señora Shah, y trataba de interceptarla. Había visto ya tres veces a la madre de Reena, subiendo despacio la colina desde la estación del metro, cargada de regalos: una bolsa de supermercado llena de manzanas, un morral con toallas de baño y, en alguna oportunidad, un exprimidor eléctrico, recién comprado y aún sin desempacar. Más tarde, cuando regresó a la casa y Reena le mostró lo que su madre les había traído, David recalcó con suspicacia que esos regalos, por más generosos que fueran, no eran para ellos. Eran para ella. En todo caso, él vio a la señora Shah antes que Reena, él la había visto avanzando con dificultad por la colina cargada con las bolsas pesadas, los brazos alrededor de un paquete, y en ningún momento él se ofreció para ayudarle, a pesar de ser algo que iba en contra de cualquier impulso que sintiera, en contra de todo lo que le habían enseñado. Por el contrario, pasó por su lado, sonriendo ampliamente. Su propósito era cruzarse con ella cada vez que viniera al apartamento, hasta que un día ella le prestara atención.

"No lo hará, sabes," afirmó Reena cuando él le reveló su plan. Estaban desempacando una bolsa llena de suéteres que había

llevado la señora Shah, a pesar de que el frío aún estaba a semanas de distancia.

"Podría."

"Seguro. Podrías. Pero no lo vas a hacer."

"Le daré un empujón," dijo David. "Después le ayudaré a
cargar las bolsas por la colina."

Reena gimió.

"Estoy bromeando," contestó David.

"Pues no bromees. Que yo esté viviendo sola ya es un con-
flicto para ella. Toda la situación. Tú ya sabes que ella quiere que
regrese a la casa. Una cosa más ya sería demasiado," dijo Reena.
"Se moriría."

Esta última palabra quedó suspendida ahí y David no se lo
creyó. "La gente no se muere así," dijo. Sostenía en las manos
una pila de suéteres—unos suéteres horribles—, listo para em-
butirlos en un rincón en la parte más alta del closet. Pero decidió
tirarlos encima de la cama. "Nadie se muere porque su hija haya
conseguido novio."

Reena lo miró fijamente. "No hables así," dijo en tono cortante. "Tú no sabes cómo puede morir la gente." Su padre había
estado trotando afuera, siguiendo la sugerencia de un médico de
hacer más ejercicio. Había estado enfermo por años pero, por lo
visto, había mejorado. Y entonces, un infarto.

Reena encendió una lámpara. Entrecerró los ojos. Habían
declarado a la oscuridad su enemigo, pintando las paredes de un
tono rojo que David llamaba "el color de la acción." En las tres
lámparas pusieron bombillas de cien vatios. Le daban el aspecto
de un cuarto en llamas.

"Lo siento . . ." empezó a decir David. "Tengo la sensación
de estar viviendo a escondidas," dijo y mientras encendía el

equipo de sonido. La voz de un DJ llenó por completo la habitación.

"*Estás* viviendo a escondidas. Por Dios. Ambos lo estamos haciendo. Mi madre quiere que me case con un dentista. No hablaban de otra cosa que no fuera mi boda. Ahora ella anda chequeando el maldito internet." Reena recogió los suéteres y, en punta de pies, los embutió en el estante de arriba. Al saltar, sus pechos rebotaron una vez. Reena se dio la vuelta para mirar a David, que se había sentado en la silla al lado del escritorio. "Le tengo que mentir todos los días. ¿Piensas que esto es fácil para mí?"

"No he dicho eso."

"Ellos . . . Ella no se va a detener sino hasta que yo sea la Señora Patel o la Señora Singh o la Señora Kumar. La Señora Niño Lindo Hindú."

"¿Entonces?" dijo David.

Reena suspiró. Fruncía y apretaba los labios. "¿Quieres que le diga? ¿Estás preparado para eso?" preguntó. "¿Sabes lo que sucedería?"

David miró con atención sus ojos negros. Era hermosa, demasiado hermosa para él. Antes, ella no se había mostrado tan temerosa. Le dio la espalda. "Lo que sea," murmuró, agradecido, de repente, por todos los borrosos significados que podía guardar esa palabra.

"¿Imaginas la mierda que sería todo?"

"Ya me lo has dicho."

"Ahora ella está sola." Reena se acercó a David. "Yo soy todo lo que tiene." Suavizó la expresión del rostro. "No conviertas esto en tu problema," agregó. "Por favor. Tú no desearías eso."

David suspiró. "Ya está hecho una mierda."

"Sí. Claro que sí."

"Ven aquí," dijo David y le hizo espacio para que se sentara en sus piernas. "¿A quién le puede gustar que se joda todo?" preguntó.

"A nadie," contestó Reena.

Llevaban viviendo dos meses en el aparta-estudio más oscuro de toda la ciudad cuando Reena se despertó una mañana, cansada. Tenía el flu o algo y le estaba tomando demasiado tiempo mejorarse. Semanas y semanas de luchar contra su propio cuerpo, de jugo de naranja y vitaminas y yoga en las mañanas para liberarse del entumecimiento. Se arrastró hasta la ducha, se puso la ropa con movimientos torpes y le sonrió débilmente a David cuando estuvo lista para irse a trabajar. David se sentó en la cama y le masajeó los hombros. Un locutor de radio anunció todas las tragedias del día. David no tenía que estar en el centro sino hasta la diez y, una vez allá, raramente empezaba a trabajar en serio antes de las once. Reena se veía abatida, pensó, y así se lo dijo. Ella le confesó que en el último par de días se había sentido aún mucho más agotada. El se levantó y, antes de que ella saliera, le prometió que la llamaría desde el trabajo, cuando tuviera un rato libre.

"¿Y es que hay ratos que no sean libres en tu trabajo de mentiras?" le dijo Reena, riéndose.

El cuarto se veía rojo y brillante. Las lámparas estaban encendidas. "Me gustan mis ratos libres. Estoy contento con mi trabajo de mentiras," dijo David, y en cierta medida eso era verdad. David le lanzó un beso. "Que te mejores," gritó.

En el trabajo no pensó demasiado en la cosa. Era finales de octubre y el centro ya estaba adornado con los obligatorios colores naranja y negro de Halloween. David pasó la mañana enviando e-mails. Contestó un par de llamadas referentes a unas clases. Un chico de Stanley Isaac Houses, conocido suyo, vino a la oficina y le pidió dinero prestado. Discutió con otro consejero la patética situación en la que se encontraban los Knicks ese año. Vio en compañía de un salón lleno de los alumnos de último año un *talk show* hispano malísimo. Almorzó solo en las bancas bajo la silueta de las sombras, formó aros con el humo de sus cigarrillos y observó los autos subir por la Tercera Avenida.

Faltaba un cuarto para las siete cuando llegó a la casa. Reena ya se encontraba ahí. El apartamento olía terrible. Reena tenía un aspecto terrible. La puerta del baño estaba abierta y la luz encendida. El cuarto relumbraba con un enfermizo tono amarillo y naranja. Ella se sentó en la cama cuando él entró. "Hola, amor," dijo Reena con voz cansada.

"¿Te encuentras bien? ¿Qué sucede?"

Ella no se estaba sintiendo muy bien, había tenido que volver a la casa.

"Debiste haberme llamado al centro," dijo David.

"Pensé que tú me ibas a llamar."

David hizo una mueca.

"En todo caso volví a la casa y me quedé dormida," dijo Reena, encogiéndose de hombros. "Bueno, dormí y también vomité un poco. Bebí algo de sopa. Tal vez sea eso."

El le preparó una taza de té, Reena comentó que se sentía un poco mejor, pero durante toda la noche estuvo despertándose y precipitándose hacia el baño. Vomitó cuatro veces. Era ya casi de madrugada cuando ella y David aceptaron que no iban a poder dormir nada. El olor penetrante del vómito flotaba sobre el diminuto apartamento como una nube tóxica.

El recorrido en el taxi hasta la Sala de Urgencias le hizo recordar a David todo aquello que detestaba de la ciudad. El débil sol del amanecer no proyectaba ninguna sombra. Perros y gente escarbaban entre los bultos de basura. Reena se dejó caer sobre su regazo y él le acarició el pelo. Estaba con fiebre. Se le ocurrió a David que Reena podía estar embarazada. Sintió que se le hundía el estómago. Reena tenía los ojos cerrados y aún se encontraban a unas cinco calles del hospital. La idea se desplazó de tal forma que podía percibir el terror palpitando en la punta misma de sus dedos. No se lo mencionó a ella.

En la sala de espera, Reena llamó a su madre por el celular de David. David le sostenía la mano mientras ella hablaba, podía distinguir en su pulso el esfuerzo que hacía para sonar más fuerte de lo que estaba. *Tik,* dijo Reena, que era además la única palabra hindi que él conocía. Significaba Okay. Fue una conversación breve. La señora Shah estaba en camino, por supuesto.

Por un momento, David se permitió considerar la posibilidad de que Reena estuviera realmente enferma. Estaban ahí los dos juntos, tomados de la mano, en la sala de espera de un hospital público. La madre de Reena vendría. El se comportaría de una manera cortés. Responsable. Explicaría los hechos—"yo soy el novio"—y todo lo demás: el último par de semanas de Reena, lo cansada y rígida que se veía, y lo que él había observado al mirarla, estando a su lado, amándola todos los días en ese apartamento que llevaban compartiendo desde agosto.

"Te quiero, flaquita," dijo David.

Reena asintió con la cabeza.

"¿Tengo que irme?" preguntó, esperanzado.

Ella no contestó; apoyó la cabeza en su hombro. El le pasó el brazo alrededor y le acarició la sien. Pudo escuchar el ritmo suave de su respiración.

"Todavía no," contestó finalmente Reena. "En un rato."

Su mano dejó de moverse por voluntad propia. David sintió

que le subía un ardor al pecho, una sensación tan desagradable que se preguntó por un instante si lo que tenía Reena sería contagioso. La señora Shah ya estaba en camino desde Englewood, al otro lado del George Washington Bridge. Serían unos veinte minutos más, quizás veinticinco. Otra media hora antes de ser desplazado; mientras tanto él podía masajearle la cabeza y calmarla y después tendría que irse. O también podía irse ahora mismo. Se sentía rígido e inútil. Le levantó cuidadosamente la cabeza.

"¿Cómo te sientes?" preguntó.

"Todo me duele." Su cara se descolgó en una mueca triste. Sostuvo su mano en alto y, durante un instante, permaneció ahí entre los dos. Reena tenía un aspecto lastimoso. David tomó sus manos entre las suyas y la acarició. Se la llevó hasta los labios y le besó el tercer nudillo. Se puso de pie para irse.

"¿Podrías limpiar el apartamento?" preguntó Reena. "¿En caso de que mi madre quiera llevarme allá de regreso?"

David dijo que lo haría.

A solas en el apartamento, David apreció su oscuridad. Se tumbó sobre la cama y no encendió las luces. El caño de agua goteaba en el baño. Sería un gesto completamente infantil, pero de alguna forma también satisfactorio: dejar por ahí una clave. Algo innegablemente suyo. Su pelota de básquet, arañada y con las marcas de las canchas de Riverside; o su cámara, que había usado para tomarle fotos a Reena en su última presentación de danzas. Se levantó y corrió la cortina, la luz anémica de media mañana se filtró a través de la ventana. Ojeó algunas de las fotos que estaban sobre el escritorio y encontró esa instantánea que le gustaba tanto de Reena vestida con su sari color mostaza, aretes de oro y los relucientes brazaletes en las muñecas y los tobillos, en sus delicados pies desnudos. Se veía resplandeciente y joven. Sus padres estaban ahí con ella. Qué unido se había sentido él a ellos, como si hubiera podido desprenderse de la multitud y entrar en su mundo, ofreciéndoles la mano: Señor Shah. Señora Sha. Qué sencillo hubiera sido hacerlo.

El padre de Reena había muerto unas semanas más tarde. Entonces Reena había empezado a trabajar en un laboratorio uptown y a estudiar tiempo completo. Había abandonado definitivamente sus clases de danza.

David se duchó y guardó sus cosas. De rodillas, limpió el baño. Dejó flotando en el aire un ligero aroma a desinfectante, una esencia a limón medicinal que le hizo arder la garganta. Salió y echó llave a la puerta.

Hacia mediados de diciembre, Reena había visitado tres médicos. *Lyme disease,* había dicho el primero. El segundo mencionó lupus, pero dijo que no podía estar totalmente seguro. El tercero, a quien Reena decidió creerle por la manera calmada y alentadora de hablar, diagnosticó una temprana manifestación de artritis. Era alentador, le dijo a David, tener un diagnóstico, darle un nombre a sus síntomas. Reena dejó de trabajar. La mayoría de los días quería quedarse acostada en la cama. Le dolían las rodillas. Los codos. Cada una de las coyunturas de los dedos. Durante los peores días, hablaba de sentir como barras de acero a lo largo de las piernas, las rodillas agarrotadas, el rigor de un cadáver helado. El médico aseguraba que ya se le pasaría, pero Reena le confesó a David que por momentos sentía que se estaba muriendo. "Soy demasiado joven para esto," decía.

Su madre ahora aparecía casi a diario, y David se preguntaba, en los momentos de mayor egoísmo, qué era lo peor: una novia enferma o su tiránica madre exilándolo a las calles. Reena y David no habían vuelto a hacer el amor desde el viaje a la Sala de

Urgencias. Ella siempre estaba agotada. O se veía tan enferma y desdichada que él temía que tocarla podría interpretarse como un asalto. Su madre llegaba y se quedaba hasta tarde, algunas veces hasta las ocho o las nueve. Lloraba junto a su hija y le aseguraba a Reena que alguien les había lanzado una maldición. Quemaba hierbas e inciensos de aromas tan abrumadores que los vecinos se quejaron. Las dos rezaban juntas mientras David aguardaba afuera, o en La Floridita, o deambulando por la calles, a la espera de la llamada de Reena a su celular avisándole que podía regresar al apartamento. El aún aguardaba la llegada de la señora Shah, atento a sus inseguros pasos mientras bajaba la escalera del metro. Cada vez, la señora Shah giraba indecisa hacia la 125 o miraba a lo largo de Broadway, haciendo una pausa como si estuviera perdida, antes de caminar en dirección al apartamento.

David rechaza finalmente la idea de abandonar su plan. Ahora más que nunca, quería irrumpir en el mundo de la señora Shah. Había algo en ella que él había identificado: su manera de caminar, el visible desinterés que mostraba por el barrio, o por los detalles de la calle, o por él, plantado en alguna parte entre su breve recorrido del metro hasta el apartamento. No soy yo el invisible, razonó David. Es ella. Ignoraba de qué región de la India venía la familia de Reena, pero no sería, imaginó, nada como ésto. No habría estos encogidos edificios grises. No sería nada como el extremo sur de Harlem. No habría chicos apiñados en una esquina, vestidos con esas chaquetas negras varias tallas más grandes, ni el estruendo de un timbal escapándose por la ventana de un Jeep. No habría español lánguido en las tiendas, ni fríjoles Goya, ni vitrinas desplegando luces de neón sobre teléfonos celulares. No habría mujeres de Mali paradas a la salida del metro, ofreciendo peinados de trenzas con sus hábiles dedos. De donde fuera que viniera la señora Shah no existiría ninguna de estas cosas. Y por lo tanto ella podía atravesar este territorio como por entre una niebla, y no verlo, y no importarle; y David podía sonreír y saludarla con la cabeza cientos de veces y nunca ser visto. Su marido estaba muerto. Reena era la única persona real para ella en esta ciudad.

La primera nieve cayó y se derritió en un lodo café oscuro, apilándose sucia y en forma de hielo en la cunetas de la ciudad. Un jueves por la tarde, David decidió esperar a la señora Shah. Se sentó en la escalera al frente del edificio, sosteniendo varios libros y carpetas llenas de papeles. El director les había asignado algunas lecturas sobre trabajo social para un futuro día de capacitación del personal. Arriba, Reena seguía pálida y enferma, somnolienta por el efecto de las drogas. Se quejaba de que las medicinas la hacían aumentar de peso. David fingió no haberse dado cuenta.

La calle estaba en silencio, con sus tonos grises de invierno. Al final de la colina, la señora Shah emergió de la estación del metro. Caminaría hacia ella. Esta vez la miraría a los ojos. La saludaría con la cabeza. Se ofrecería a cargar la bolsa por ella. La acera estaba resbalosa. David estiró los dedos de los pies en las botas. La señora Shah ascendía lentamente y con dificultad la calle, las manos vacías, una expresión taciturna y determinada, como si estuviera luchando contra el frío. Estas eran unas visitas tristes. Llevaba puesto un abrigo negro de lana, la cabeza cubierta con una brillante pañoleta naranja. Miraba directamente hacia adelante.

A mitad de la cuadra, David sintió la impotencia de ese instante justo antes de saberse ignorado. Lo punzaba. Reena, estaba completamente seguro, lo mataría por lo que estaba a punto de hacer pero, en todo caso, ya estaba decidido: a pocos centímetros de los pies de la madre de Reena, David fingió tropezarse pero entonces, sin poder evitarlo, cayó de bruces. Perdió el equilibrio sobre el pavimento liso. Los libros y los papeles volaron por todas partes. Resbaló hacia atrás hasta que cayó al piso, el culo contra la vereda fría y húmeda, la señora Shah parada frente a él. Se había quedado sin respiración. La miró directo a los ojos.

"Joven," dijo la señora Shah, con una expresión de sorpresa e inquietud, "¿se encuentra bien?"

El acababa de cruzar el límite. Ella parecía realmente preocupada, expresando algo más que simple cortesía. Ahora se acordaría de su cara. Tenía el mismo aspecto que él había imaginado que tendría la madre de Reena: los mismos profundos ojos color café de Reena, sus labios gruesos, su nariz delicada. La señora Shah era un poco más morena que su hija, que a su vez era un poco más morena que David. La mujer sonrió con amabilidad, las líneas de su cara más profundas y evidentes que la última vez que la vio. Había envejecido, cargando el peso de la enfermedad de su hija.

La señora Shah preguntó de nuevo: "¿Se encuentra bien?" Le ofreció una mano.

"¿Yo? Ah, sí," contestó David. *"Tik.* Estoy bien."

"¿Perdón?"

"Tik," repitió David. No había calculado que pudiera tener una caída. Sólo pretendía dejar caer los libros. Sintió que le sudaban las palmas de las manos bajo los guantes. "Estoy bien."

Por la expresión de desconcierto en el rostro de la señora Shah, David supo que había ido demasiado lejos. Ella se lo mencionaría a Reena. *Tik.* Se convertiría en una pregunta. Querría saber qué estaba sucediendo. "Gracias," le dijo David a la madre de Reena cuando ella le pasó uno de los libros. Ella permaneció ahí sin moverse, mirando cómo él amontonaba sus cosas sobre la acera.

"Gracias," repitió él, nervioso, metiendo bajo el brazo sus desordenadas pertenencias, precipitándose colina abajo hacia el metro.

Cuando se conocieron y empezaron a salir juntos, a menudo Reena describía la situación de manera irónica: un enredo, decía, una circunstancia. *Un contexto.* Conversaban durante horas y no paraban de reírse. La situación de ella no cambiaba ni desaparecía y simplemente decidieron ignorarla. No existía ninguna lógica al respecto, no se podía reflexionar más allá: no contaban con ninguna otra opción.

Los padres son peor, había dicho Reena. Son como rocas, como piedras imposibles de mover, baluartes de la tradición. Los padres protegen más a las hijas, son menos comprensivos, han invertido más en la idea de los matrimonios por conveniencia. Las madres quieren hijos varones, de tal forma que puedan intimidar a sus nueras algún día, de la misma manera que ellas fueron atormentadas antes por sus respectivas suegras. De hecho, todo el mundo desea tener hijos varones. En cuanto a las hijas, deben casarse bien y pronto, eludiendo así todos esos inconvenientes occidentales de las citas, los novios, el sexo. Maridos posibles: importa menos la casta que la profesión. Médicos, ingenieros, abogados, en ese orden. Reena alegaba no saber a cuál casta en particular pertenecían sus padres. Y lo afirmaba exactamente de esa manera, con las mismas palabras "mis padres pertenecen a" porque ella no formaba parte de ninguna clase de casta. Ella era norteamericana. Una *desi,* pero no obstante norteamericana. Soy las dos cosas, decía. Fui criada de esa manera. Ellos encontrarían un marido para ella. No era nada ajeno ni extraño. Simplemente era así.

"Sin embargo," le dijo en una oportunidad Reena a David, "tú podrías casi pasar, ¿sabes? Tienes un *aire.*"

Intercambiaban ideas de un lado a otro, maneras de soslayar el *contexto.* "¿Aire de qué?"

"En la región del norte hay gente con el mismo tono de tu piel. Con ojos verdes. Cachemira. Los he visto." Reena sonrío con picardía. "Es hora de que aprendas algo de punjabi, corazón. De enseñarte a bailar bhangra."

"Y convertirme en ingeniero."

"Ajá. El trabajo social no funciona."

"Y tendría que usar mucho más oro."

"Y tendrías que dejar de usar por completo el español."

Llevaban saliendo cuatro meses y medio cuando Reena anunció que pondría a prueba a su madre. La noticia lo sorprendió. Y, a pesar de que él se sintió conmovido, tal vez a ella, de haberse enterado, también la hubiera sorprendido que lo primero que cruzó por su mente fue la pregunta ¿y esto qué exigirá de mí? Le preguntó entonces con cautela, sin querer disuadirla, y sin tener la plena seguridad de lo que significaba la pregunta. "¿Por qué yo?" dijo.

"Porque te amo," contestó ella.

De su padre, él se había hecho una imagen: un hombre enfermo, en el rostro un gesto de malhumor por la prolongada enfermedad, la frente arrugada, los ojos hundidos. Probablemente, odiaría más a la gente blanca que a los negros. A lo mejor los hispanos le serían indiferentes. Insatisfecho. Nostálgico. La primera y callada pregunta que se hizo David surgió específicamente de la descripción que había hecho Reena de su padre. El tono rojo óxido de su rabiosa cara. Cómo hubiera renegado su padre de ella. Maldiciéndola. Muriendo. Las agresiones contra la armonía del *contexto* eran descritas en los mismos términos de una crisis internacional, de guerras civiles. Una familia hecha trizas, una hija abandonada, un novio inesperado preguntándose qué diablos sucedía.

La señora Shah sería su aliado frente al padre de Reena. Ella personificaba la razón y la razón prevalecería. La señora Shah comprendería que él amaba a su hija. Ella sería su puerta de entrada. Que Reena se arriesgara a contarle cualquier cosa a su madre conmovió a David. Era el impulso de fe de Reena.

"Me gusta un chico," le dijo a su madre.

Y, según las palabras de Reena, esto fue lo que le dijo la señora Shah: "No, es imposible. Tu padre está enfermo. Es tu último semestre. Vas a tener que buscar un empleo. ¿Cómo puedes estar pensando en un chico?"

Reena reía mientras le contaba a David, narrando toda la escena con una sonrisita divertida. El desconocimiento total. La extrañeza total. Su pobre madre. David se sintió decepcionado y aliviado por partes iguales. Lo molestó el hecho de ser llamado "chico" tanto por su novia como por la madre de ella. Reena era algo menos que una mujer si tenía que pedir permiso para poder verlo. Por otro lado, se trataba de una batalla que tal vez ella sólo quisiera combatir por una única vez: ¿sería él digno de ese esfuerzo? Reena no hubiera querido pelear sola. La guerra implicaba todo un mundo de compromisos.

En todo caso, la cosa había concluido. No habría ningún tipo de sociedad. El *contexto* no sería trastornado. Y entonces se olvidaron de todo mientras pudieron, se abandonaron a su enamoramiento y encontraron que esos momentos de amnesia eran los mejores.

"Vete," pidió Reena. "Por favor."

Era febrero. Había pasado diciembre, y enero, y Reena seguía enferma. Los médicos aseguraban que estaría mejor para la primavera. Con optimismo, le decían que de un momento a otro estaría bailando de nuevo. Su madre no tardaría en llegar. Había llamado hacía veinte minutos, se encontraba ya en camino. David debería haberse ido hacía rato. Su acostumbrado rincón en La Floridita lo aguardaba, y la mesera con el pelo rizado que le llevaría un café y un billete de la Lotto y uno de esos gruesos lapicitos amarillos. Las aceras húmedas en la calle. El estruendo del tren al pasar. Todas las rutinas de su desaparición lo estaban esperando afuera en las calles. Pero sentía algo pesado encima, algo plomizo y tirante. Algo como artrítico. Cataléptico. David se sentó en el escritorio. Algunas veces el rojo de las paredes lo desconcertaba, pero hoy podía sentir su calor.

"Hace frío afuera," propuso.

"David."

"¿Qué?" preguntó, sin ninguna expresión en la cara.

"Me estás estresando," dijo Reena. "Ve a tomarte una taza de café. ¿Necesitas plata? Mira, coge algo de dinero." Le ofreció un par de billetes arrugados.

"Tú no tienes empleo."

Frunciendo el ceño, Reena dejó caer lo billetes de los dedos. "¿Qué pretendes? ¿Quieres complicarme la vida?"

"No."

"¿Entonces? ¿Vas a esperar hasta que timbre? ¿Hasta que golpee la puerta?"

"No sé," contestó David.

"Estoy enferma, maldita sea. ¡Estoy enferma!"

La fotografía que había decidido dejar no causó ningún

efecto. La madre de Reena no preguntó quién la había tomado. O por qué era una foto en blanco y negro. David había seguido a su novia y sus padres por Union Square, tomando fotos en blanco y negro que no resultaron muy bonitas. Reena ni siquiera se dio cuenta de la foto en el escritorio. La señora Shah había comentado únicamente lo buen mozo que se veía su padre ese día. Fue algo sutil. Pero ¿la caída de culo frente a la señora Shah? Nada. La madre de Reena había hecho un comentario pero después olvidó el hecho. Le había parecido chistoso. *Tik.* Eso había sido todo. Una semana después de haber rodado por la acera congelada, la señora Shah había pasado a su lado sin voltear a mirarlo.

Tenía la chaqueta sobre las piernas, y apilados encima la bufanda y los guantes. Volteó a mirar a Reena, agotada y triste contra las paredes rojas. Estaba sentada en el borde de la cama. "¿Quieres el saco de la sudadera también?"

"Sí," dijo David.

Ella le tiró la sudadera. "No podemos hablar ahora," dijo Reena.

"Ya sé."

"¿Después?"

"Seguro," dijo él, asintiendo.

El rostro de Reena desapareció entre sus manos. Estaba tomando doce pastillas diarias. Cada viernes, los médicos le aplicaban una inyección en el muslo con una aguja larga. Se puso la sudadera y encima la chaqueta. David descolgó su llave de la cadena al lado de la puerta, y tomó el gorro de lana que estaba sobre la mesita de la entrada. Hacía frío afuera. Se puso los guantes, la mano izquierda primero. El cuarto se veía brillante y cálido y rojo.

lima, perú, 28 de julio, 1979

Eramos diez y todos compartíamos un mismo nombre: compañero. Excepto yo. A mí ellos me llamaban Pintor. Estábamos parados formando un círculo irregular alrededor de un perro muerto, bajo las luces tenues a pocos pasos de la plaza. Una gruesa niebla envolvía a toda Lima. Se trataba de nuestro primer acto revolucionario, nuestra primera proclamación frente al país. Colgamos perros ahorcados en todos los postes de luz, marcándolos con slogans parcos y furiosos, MUERTE A LOS PERROS CAPITALISTAS y cosas por el estilo; dejamos a los animales allí para que la gente pudiera ver cuán fanáticos podíamos llegar a ser. Ahora resulta evidente que no asustamos a nadie y que más bien convencimos a muchos de nuestra peculiar manía, de nuestra veneración por la violencia gratuita. El miedo vendría más tarde. Matábamos perros callejeros en las sombrías horas antes del amanecer, la mañana del Día de la Independencia, el 28 de julio de 1979. La gente decente dormía, pero nosotros hacíamos la guerra, forjándola con nuestras manos, con nuestros cuchillos y nuestro sudor. Todo iba bien hasta que un día ya no encontramos más perros negros.

Uno de los compañeros había ordenado que todos los perros

fueran negros, y ninguno de nosotros estaba en posición de cuestionar estas decisiones. Se trataba de una decisión estética, no de una decisión práctica. Lima tiene un surtido casi infinito de perros callejeros, pero no todos son negros. Hacia las dos de la mañana estábamos cubriendo con pintura negra perros beiges, marrones y blancos, todos retorciéndose en espasmos terminales, el pelaje teñido también de rojo.

Dado mi reconocido talento con el pincel, mi tarea era pintar todos los perros que no fueran exactamente negros. Teníamos uno ahí: muerto, destripado, las vísceras esparcidas sobre el pavimento. Estábamos cansados, tratando de decidir si el particular tono café del animal era lo suficientemente oscuro como para que pasara por negro. No recuerdo muchas opiniones firmes al respecto. El efecto narcótico de nuestra actividad se estaba diluyendo, dejándonos ahí con un animal sangriento y muerto, ligeramente más claro de lo necesario.

A mí no me importaba de qué color era el perro.

Justo cuando estábamos a punto de ponernos de acuerdo en que íbamos a pintar el perro que yacía muerto a nuestros pies, en ese momento lo vi por el rabillo del ojo: un perro negro que corría por un callejón. Era espectacularmente negro, totalmente negro, y antes de darme cuenta, me encontré corriendo por los adoquines persiguiéndolo. Solté la brocha que me había pasado un compañero. Me gritaron, "¡Pintor!" pero yo ya estaba lejos.

Enfurecido, me lancé detrás del animal, decidido a matarlo, arrastrarlo de regreso, colgarlo. Esa noche, por la manera como estaban saliendo las cosas, yo quería, más que nada, que mi actos tuvieran algún sentido. Estaba cansado de pintar.

Es importante destacar que los perros callejeros de Lima habitan en un plano superior de la crueldad. Son dueños de las calles, ladrones de la ciudad colonial, deshacen los bultos de basura, mean en las esquinas adoquinadas, siempre con un ojo abierto. Son testigos de asesinatos, robos, atracos; recorren las calles velozmente, seguros de sí mismos, dueños de un aplomo que les viene de saber que no necesitan comer todos los días para sobrevivir. Esa noche habíamos corrido a lo largo de toda la plaza, sacrificándolos en ciega carnicería, admirando su maldad cruda y arrogante.

Yo sabía cuántos cigarrillos me fumaba al día y sabía que corría muy poco excepto cuando perseguía de vez en cuando algún balón de fútbol en un partido ocasional; supe que las posibilidades de alcanzar al perro eran escasas y—lo admitiré—me enfureció saber que un perro pudiera ganarme. Decidí entonces que eso no iba a pasar. Corrimos. El perro avanzaba rítmicamente. Lo seguí entre lo recovecos del centro de Lima, bajo sus balcones viejos y deteriorados, pasé delante de sus edificios oficiales, por sus entradas clausuradas, sus sombras. Quería el perro muerto. Corría sintiendo la crueldad en el pecho, como una droga que me impulsara a ir más rápido. Una pierna se me dobló y cojeé hasta detenerme. Me encontraba a varias cuadras de la plaza, en la hierba de la calzada central de una avenida amplia y silenciosa, con una línea de palmeras escuálidas, mareado, los pulmones desfallecidos clamando por aire. El pobre perro también redujo el paso en la acera de enfrente y volteó a mirarme, deteniéndose sólo a unos metros de distancia, jadeante, la mirada entre ansiosa e intrigada, con una expresión que yo había visto antes, en mi familia, en mis amigos, e incluso en las mujeres que tuvieron el infortunio de enamorarse de mí, la expresión de aquellos que me han observado impresionados, esperando algo de mí y terminando siempre defraudados.

Usted tiene que saber que por ese perro yo no sentía otra cosa que un odio oscuro e inflexible. Me había convertido en un tipo frío e iracundo. Lastimado por tantos filósofos alemanes y sus traducciones. Herido por ver a mi padre quedar ciego bajo inmensos fardos de cuero, doblando y manipulando uno por uno hasta que, como en un acto de magia, surgía un cinturón, o una montura, o una pelota de fútbol. Desencantado por esa absurda noche invertida en matar y pintar para la revolución. Odiaba al perro. En la Arequipa de mi juventud, de vez en cuando un perro callejero dormía a la entrada de la casa y por lo general yo lo ignoraba, nunca lo acaricié, pero lo miraba rascarse o lamerse los testículos y nunca me sentí conmovido. Había amado muchas cosas, mucha gente, pero no sentía ningún afecto por esa bestia. En cambio adiviné que habría distintos estados de muerte, grados diferentes, como en una escalera de caracol, y deseé con todo mi corazón ver a este perro callejero, con su gruesa pelambre negra, exánime en el fondo de esos escalones. Lo llamé y estiré la mano. Tragué saliva y lo atraje.

Y él se acercó. Con el sonido pit-pat de sus patas sobre el pavimento, cruzó la avenida, como si estuviera de regreso al hogar, como si se encontrara en un lugar completamente distinto y no en medio de una guerra. Era un hermoso perro, un perro inocente. Tenía un reluciente pelaje negro. Había estado sólo jugando. Aún así, sentí rabia, por haberme hecho correr, por cada gota de sudor, por cada intenso latido de mi corazón. Lo acaricié durante un instante, después lo agarré por la nuca, hundí el cuchillo en el pelaje negro y retorcí la mano varias veces.

En ese último instante, el perro luchó con fiereza, gruñendo, arremetiendo, pero lo sujeté y no pudo morderme. Cayó al piso como un bulto, la sangre acumulándose en un charco bajo su cuerpo.

Gemía tristemente, con impotencia. Lo observé maravillado

mientras se desangraba: los poderosos dientes blancos, las musculosas patas traseras. Jadeaba y se estremecía. Probablemente hubiera estado ahí toda la noche de no ser por el flash de una luz y el grito de una voz recia. Era un policía y tenía una pistola.

En Arequipa, yo grababa los adornos sobre las monturas que mi padre confeccionaba para los desfiles de cada año. Lo ayudaba a teñir los cueros, agarraba el mazo y la pequeña cuña, martillaba y me golpeaba los dedos y sangraba hasta que todas quedaban hermosas. Así fue como fui criado: mi padre y yo en el taller, con el olor tóxico de los cueros curados, con las herramientas, cada una con su propósito y su mitología. Me enseñó todo el meticuloso proceso a medida que la visión abandonaba sus ojos. Para cuando ya dominaba la técnica, mi padre estaba demasiado ciego como para apreciar mi trabajo. Mi madre solía decirle "el muchacho está aprendiendo," y a él se le iluminaba el rostro.

Siempre me vestí de manera impecable en mi uniforme gris y blanco del colegio y siempre hice más de lo que se esperaba de mí. Fui el primero de la clase y me presenté al examen de admisión a la universidad a los diecisiete años. Fui aceptado en la universidad de Lima. Me cortaron el pelo "a coco," mi padre bailó de felicidad y mi madre lloró, convencida de que pronto la abandonaría. En esa época Lima era conocida por engullir vidas, por arrancar a la gente de sus hogares ancestrales, envolviéndola entre el cemento y sus ruidos. Yo me convertiría en uno más de toda esa multitud. Observaba la ciudad y sentía su caos y su energía; no pude regresar a la casa.

Viví la turbulenta adolescencia de Lima y su crecimiento sin límites. Ahora me pertenece. No le tengo miedo, a pesar de que ya no estoy enamorado de ella. En la universidad estudié filosofía y después me transferí a Bellas Artes, para estudiar pintura. Pintaba furiosos óleos en rojo y negro, con atemorizados rostros escondidos bajo capas de colores vivos. Pintaba en el barrio del Rimac, cruzando el río contaminado, en una pequeña habitación con una ventana que daba hacia la elegante silueta de la ciudad colonial. El cielo permanecía por lo general nublado y a la viejita portera de la casa, Doña Alejandra, le gustaba entrar a mi cuarto y ver mi trabajo. Una vez, en uno de los escasos días de sol que recuerdo, me la encontré ahí, arropada con mi gastada colcha, dormida en mi asiento, el pecho elevándose en inhalaciones tenues. Su cuarto no tenía ventanas.

Atraje, creo yo, la admiración de alguna gente frente con un cuadro que exhibí en la universidad: el retrato de un hombre, los ojos desviados, la boca apretada en una mueca tensa, agarrando un martillo en la mano derecha, listo a clavar en la palma de su mano izquierda una estaca cuadrada. El hombre era una geometría azul y marrón sobre un fondo rojo. Era mi padre.

En la cafetería, los estudiantes se paraban sobre las mesas para denunciar al dictador y sus secuaces. Aparecían arengas sobre las paredes de ladrillo, que algunos empleados cubrían tímidamente después con blanco, solamente para reaparecer casi de inmediato. Sabíamos que la lucha estaba cercana. Sucedía lo mismo a lo largo y ancho de todo el país. Muchos abandonaban los estudios y se preparaban para la guerra por venir.

La ceguera de mi padre me había lastimado. Deseaba mostrarle lo que yo había logrado hacer. En mi última visita a la casa, en el pequeño vestíbulo, reelaboré mis lienzos con palabras, cuidadosamente, y sólo para él. El observaba sin ninguna expresión hacia las paredes. Le había hablado durante años de mis óleos pero nunca logré abrir la austera oscuridad de su ceguera. El asentía, me aseguraba que había comprendido, pero yo sabía que lo había defraudado.

Regresé de Arequipa y tomé una decisión. Dejé la universidad por última vez, sólo tres meses antes de recibir mi titulo en Bellas Artes. En cambio, viajé al campo con mis compañeros para aprender a manejar explosivos.

Si aún fuera pintor le podría ilustrar algunas de las verdades acerca de este país: niños, ateridos y hambrientos, haciendo fila todas las mañanas frente a la quebrada, cargando agua para sus casas. Cinco kilómetros. Siete kilómetros. Nueve. Los interminables recorridos en bus a lo largo de la ciudad, mientras algún hombre joven con un terno que no le queda se sube para recitar pocsía y vender Chiclets. "¡No les pido limosna," grita por encima del estruendo del desvencijado bus, "quiero venderles una poesía para que se entretengan en el viaje!" Los pasajeros bajan los ojos o tornan una mirada esquiva.

En 1970 todo un pueblo desapareció bajo los Andes. Un terremoto. Luego, una avalancha de tierra. No era una aldea, era un pueblo. Yungay. Sucedió un domingo por la tarde; mi padre y yo escuchábamos la transmisión en vivo de la Copa Mundial de fútbol en México, Perú jugaba a un honroso empate frente a Argentina, cuando el cuarto se sacudió, ligeramente. Y entonces poco a poco empezaron a llegar las noticias; filtradas, como todas las cosas en Perú, desde las provincias a Lima y de ahí de nuevo hacia todos los alejados rincones de nuestra ilusoria nación. Teníamos la certeza de que algo inimaginable acababa de suceder, pero todavía no sabíamos qué era. La tierra se había desbordado en masa, un furioso mar de lodo y piedras, ahogando a miles de personas. Se habían librado sólo algunos niños. Un circo de pueblo había levantado su carpa en la parte más alta del valle. Había payasos con vistosos sombreros divirtiendo a los niños mientras sus padres quedaban sepultados montaña abajo.

En Arequipa, hacia el sur, apenas si habíamos sentido el terremoto: un jarrón cayéndose del borde de la ventana, un cuadro torcido, un perro ladrando.

Si aún fuera pintor, compondría un óleo sobre ese paraje estéril donde alguna vez existió un pueblo, seleccionaría mis colores más auténticos y le mostraría que la vida puede desaparecer en un abrir y cerrar de ojos. "¿Y esto qué es, Pintor?" me preguntaría usted, señalando el ocre, el púrpura, el anaranjado y el gris.

Son diez mil tumbas; ¿no las puede ver?

Cuando era pintor, deambulaba por toda la ciudad, los ojos bien abiertos. En las tardes, de regreso a la casa, pasaba junto a los mecánicos de la calle parados a lo largo de la avenida después de un día de trabajo. Cubiertos de grasa negra de la cabeza a los pies, eran como los ángeles más iracundos, los muertos vivientes de la ciudad. Lima estaba colmada de seres arruinados por la vida. Me precipitaba a la casa, tambaleante, trazando bocetos de todo lo que había visto en servilletas, en pedazos de papel, en mi piel, para que nada quedara sin algún testimonio. Todo tenía algún significado, todo insinuaba una pregunta aún no formulada, que aún nadie había siquiera imaginado. No existía respuesta que me convenciera. Yo pintaba como buscando esas preguntas—un ladrillo de cemento en la mitad de un parqueadero abandonado, un parachoque abollado reflejando las calles—por uno o dos o hasta tres días algunas veces durmiendo en la esquina del cuarto, como lo había hecho una vez Doña Alejandra. Me despertaba justo antes del amanecer, impregnado del olor metálico de las pinturas, de sudor y de hambre. Me olvidaba de mi propio cuerpo casi por completo.

Desde entonces he experimentado esa sensación en varias ocasiones: perdido en las marañas del follaje, en las selvas al norte del Perú, escapando de una emboscada; en el frío glacial de la sierra ensamblando una bomba bajo un puente de concreto. Pero semejante a una droga, cada nueva ráfaga de adrenalina es menos poderosa, y la explosión de otra bomba en la ciudad significa cada vez menos y menos.

No he vuelto a pintar desde la noche de los perros. Ni una sola pincelada de negro o rojo, ni en un animal ni en un lienzo.

Y no volveré a pintar de nuevo.

Sólo en las paredes de mi celda—si me atrapan—una tenue reminiscencia del cielo, para poder pasar en gracia mis lóbregos últimos días.

Lo que recuerdo del hombre: un bigote fino y oscuro y el revólver. Recuerdo la diminuta longitud del cañón y su resplandor de otro mundo, iluminado desde atrás por su linterna. Había algo de borracho en la manera como se balanceaba, en la forma vacilante que sostenía el revólver, el brazo estirado y temblando. Supongo que se encontró conmigo después de haber estado bebiendo con sus amigos. "¡Usted, ahí!" gritó. "¡Pare! ¡Policía!" Imagínese esto: un hombre bajo esa luz gritando, el arma sostenida sin firmeza, como en la mano de un titiritero. Torné la cabeza y dije dócilmente, respaldado por una inocencia que no podía tener, "¿Sí?"

"¿Qué diablos está haciendo?" gritó detrás de la luz enceguecedora. Escarbé en la cabeza por una explicación, pero no encontré ninguna. La verdad sonaba inverosímil; sobre todo la verdad. El silencio era interrumpido por los gemidos de dolor del perro. "Este perro mordió a mi hermanito," dije.

El policía seguía apuntándome con el cañón, escéptico, pero dio unos pasos acercándose. "¿Tiene rabia?"

"No estoy seguro, jefe."

Inclinándose sobre el perro, examinó el cuerpo moribundo. La sangre fluía en pequeños chorros sobre la hierba, esparciéndose hacia el borde de la calle. Me hizo recordar los mapas que había estudiado en el colegio, la cuenca del Amazonas con el sinuoso entramado de sus tributarios avanzando hacia el mar.

"¿Dónde está su hermano? ¿Ya lo vio un médico?"

Asentí con la cabeza. "Está con mi mamá en la casa," añadí y agité el brazo para indicar un lugar no muy lejos y en ninguna dirección específica. Hubo un atisbo de amabilidad en el hombre, aunque yo sabía que no me creía del todo. Yo no estaba muy acostumbrado a mentir, como usted podría pensar. Tenía miedo de que él pudiera ver a través de mí. Así que continué hablando. Le hablé de mi hermano, de la terrible mordida, del espantoso grito que había escuchado, del aspecto carnoso y rojo de la herida. Hablé de su inocencia, de sus ojos brillantes, de su sonrisa, de su gracia. Le di a mi hermano todas las cualidades que yo no tenía, lo convertí en un ser hermoso y divertido, tan perfecto como los títeres rubios que usaban en la televisión para vender jabones. Sudaba, el corazón me palpitaba con furia, contándole los chistes de mi hermano, las calificaciones que había recibido. Un muchacho inteligente, mi hermano. Y entonces le di un nombre: "Manuel, pero lo llamamos Manolo, Manolito," dije, y el policía, el arma en la mano, se suavizó.

"Así me llamo yo."

Levanté lo ojos, sin entender muy bien qué había querido decir.

"Yo también me llamo Manolo," dijo con delicadeza, casi riéndose. Yo solté una risita nerviosa. El perro volvió a gemir.

Nos miramos el uno al otro en la quietud de la amplia avenida y compartimos una sonrisa.

El oficial guardó el arma en la cartuchera y se acercó para darme la mano. Limpié la hoja del cuchillo en mi pierna y lo dejé a un lado. Nos estrechamos la mano con fuerza, como dos hombres. "Manuel Carrión," dijo.

Yo también mencioné un nombre, aunque por supuesto no el mío ni el de Pintor. Era cholo como yo, lo supe por su manera de hablar. Su padre trabajaba con las manos, tan cierto como que tendría primos y hermanos o amigos que trabajaban con los puños. Dijo estar encantado de conocerme. "¿Pero qué es lo que está haciendo exactamente? ¿Matando este perro?" preguntó. "¿Qué saca con eso?"

"Lo perseguí para ver si tenía rabia. El hijo de perra empezó a pelear conmigo. Supongo que se me pasó la mano."

Carrión asintió y se inclinó sobre el perro una vez más. Le dio unos golpecitos en la barriga con la porra, provocando un aullido blando y patético. Buscó en los ojos del animal algún tono particular de amarillo y en la boca jadeante algún indicio de baba espumosa. "No tiene rabia. Creo que Manolito va a estar bien."

Sentí alivio por ese hermano que no tenía, por una mordida que nunca existió. Sentí que el corazón se me dilataba. Imaginé a Manolito y sus prolongados y saludables días, corriendo, jugando con sus amigos, su herida curada sin dejar ni siquiera una cicatriz. Amaba a mi hermano ficticio.

Pero Carrión estaba borracho y era amable. Si las cosas hubieran salido distintas aquella mañana negra, este episodio se hubiera convertido quizás en una de sus anécdotas favoritas, cuando algún amigo o primo le preguntara en medio de los tragos, "Oye Cholo, ¿cómo es la cosa allá afuera?" Cumpa, déjame contarte lo que pasó la otra noche que ayudé a un tipo a matar un perro. No, eso suena demasiado banal. Hombre, una vez, me encontré con un tipo decapitando a un perro callejero ... ¿Quién sabe cómo hubiera relatado la historia ahora? ¿O quizás hubiera decidido no contarla nunca?

"Yo solía ser como tu hermano Manolito," dijo, "siempre metido en algún lío. Me gustaba pelear contra los tipos grandes, aunque yo era bajito. Siempre llegaba a la casa con esto roto o lo otro magullado." Carrión hablaba ahora de manera afectuosa. "¿Piensas llevarlo a algún lado? Al perro, quiero decir."

"El doctor quiere examinarlo," dije, "sólo para estar seguro." Carrión asintió. "Claro. Buena suerte." Se puso de pie, estirándose, limpiándose la hierba de las rodillas. "Deberías acabar con ese sufrimiento, sabes. No tiene sentido ser cruel."

Me cayó bien el tipo. Qué sencillo y prosaico.

Le di las gracias al oficial y le aseguré que lo haría. Empezábamos a alejarnos, nuestra despedida indecisa, en la punta de la lengua, cuando de repente se escuchó un ruido, un aullido abreviado. Al levantar los ojos, descubrí a uno de mis compañeros, sin aire, a no más de treinta metros de distancia, agachándose violentamente sobre un perro (blanco), sosteniéndolo por el hocico, el brazo estirado, el cuchillo en la mano, a punto de enterrárselo en el cuello carnoso. Había aparecido por una de las calles laterales y no nos había visto hasta cuando ya era demasiado tarde. Nos vio entonces y se detuvo. Confusión. Pánico. Temeroso, me olvidé de mi entrenamiento revolucionario: quería pintar la escena; el esbozo brutal de un hombre en guerra con un perro sin raza, pillado en el acto, congelado, con los brazos doblados, las manos en la cintura. Vi entonces la escena que yo había vivido momentos antes. Carrión volteó a mirarme, desconcertado, y volteó a mirar de nuevo a mi compañero, y por un momento los tres quedamos atrapados en un triángulo de ansias, preguntas y temores: un disco rayado, una naturaleza muerta, una pausa de mutuo acuerdo durante la cual cada uno de los tres reflexionaba en silencio sobre los intrincados y desafortunados vínculos que nos conectaban. Un instante, nada más.

Entonces Carrión desenfundó el arma, al tiempo que yo agarraba el cuchillo. Mi compañero dejó caer el perro sobre la acera sin ninguna consideración y empezó a correr por la avenida, alejándose de la plaza. El perro blanco se escapó, sin dejar de chillar. Y Carrión me hizo frente, toda sombra de la amistad que acabábamos de cultivar brevemente desvanecida bajo la niebla. Las opciones con las que contaba se me revelaron como en el diagrama de un violento guión: a) apuñala al policía, rápido; b) corre, ¡corre de inmediato, imbécil! c) muere como un hombre. Y eso fue todo lo que pudo idear mi mente. Desesperado, sólo la última opción tenía algún sentido. ¿Pero podía considerarse siquiera una opción? Sostuve el cuchillo, es verdad, pero sin fuerza y sin convicción. Hice como que me incorporaba, quizás como si fuera a echar a correr, pero en eso no había nada. Y mientras me distraía con pensamientos débiles y sin forma, Carrión actuó: me perdonó, me respetó la vida inexplicablemente, me golpeó con la culata del revólver y se lanzó a perseguir a mi camarada—sellando su propia suerte.

Murió esa misma noche.

Tambaleante, me precipité hacia lo que identifiqué como la muerte. Fue sólo dormir. Sobre la hierba, apretando la mandíbula, los ojos cerrados, mi visión impregnada de oscuridad. Perros moribundos aullaban y gemían. En la distancia, escuché un disparo.

ausencia

En su segundo día en Nueva York, Wari caminaba por Midtown buscando sin mucho entusiasmo las oficinas de la aerolínea. Había decidido olvidarse de todo. Era un día a principios de septiembre y los placenteros restos del verano le daban a la ciudad un aire tibio y seductor. Deambulaba de un lado a otro en medio del tráfico de la calle, maravillado por la imponente masa de sus edificios, y confirmando para sí mismo que esta ciudad era la capital del mundo. Viajando en el metro, había visto break-dancing y había escuchado quenas andinas. Vio a un hombre chino ejecutar un dueto de Beethoven utilizando una extraña armónica electrónica. En Times Square, un dominicano bailaba un merengue frenético con una muñeca de tamaño natural. Grupos de gente se arremolinaban alrededor, sonriendo, lanzando monedas al bailarín, soltando carcajadas cuando el hombre pasaba las manos, lascivo, sobre el trasero de la muñeca.

Ese día Wari no llegó hasta las oficinas de la aerolínea; no le sonrió a ninguna mujer anónima al otro lado del mostrador, ni pagó de mala gana los cien dólares de multa por haber cambiado la fecha del pasaje. En lugar de eso, caminó sin rumbo, pasó el tiempo sumergido en una honda meditación sobre lo exótico, sobre la ciudad, con sus aromas y sus superficies resplandecientes, hasta que se encontró frente a un grupo de obreros cavando un hueco en la acera, en la base de un rascacielos. Se sentó a comer algo y los observó. Los hombres se abrían paso hábilmente a través del concreto con máquinas de garras metálicas. Wari había preparado un sándwich esa mañana en Uptown y se lo comió distraídamente en ese momento. La gente pasaba al frente en torrentes continuos, agrupándose en las esquinas y cruzando en tropel las intersecciones apenas cambiaba la luz del semáforo. De un camión, los hombres desmontaron un arbolito delgado y lo bajaron al hueco que acababan de abrir. Lo rellenaron de tierra. Arboles para tapar huecos, pensó Wari, asombrado, pero aún no habían terminado. Los obreros fumaron cigarrillos, hablaron de cualquier cosa en voz alta, y luego uno de ellos llegó con una carretilla cargada con una pila de hierba verde cortada en cuadrados pequeños. Césped. Acomodaron los parches de la frondosa alfombra alrededor del árbol. Así de simple. En el tiempo que le tomó a Wari comerse un sándwich, abrieron y rellenaron un hueco, plantaron un árbol y lo adornaron con hierba fresca y verde. Una herida abierta en la tierra; una herida cubierta, curada, embellecida. Como si nada. La ciudad seguía su vida, inconmovible, bajo un luminoso cielo de fines de verano.

Caminó un rato más y se detuvo frente a un grupo de artistas japoneses que dibujaba retratos para turistas. Publicitaban su habilidad con meticulosas reproducciones de rostros de gente famosa, pero Wari sólo pudo reconocer unos cuantos. Estaban Bill Clinton y Woody Allen, y los demás tenían ese atractivo genérico que hacía pensar a Wari en cientos de actores y actrices. Era el tipo de oficio que él hubiera podido hacer fácilmente. Las manos de los artistas se movían con destreza sobre el papel, aplicando alguna sombra aquí o allá con trazos rápidos. La multitud avanzaba despacio para observar, y los retratistas parecían genuinamente concentrados, echando de vez en cuando una mirada a sus clientes modelos para asegurarse de que no estaban cometiendo errores. Cuando el trabajo quedaba terminado, el cliente siempre sonreía y se mostraba asombrado de encontrar sus propios rasgos trazados en el papel. Wari sonrió también, encontrándolo folclórico, como todo lo que había visto hasta ahora en la ciudad, algo que valía la pena recordar, algo que por alguna razón era especial, pero de una manera que para él aún no tenía nombre.

Wari había sido invitado a Nueva York para una exposición; un golpe de buena suerte, una larga cadena de hechos nacidos de una conversación en un bar con un turista norteamericano llamado Eric, un estudiante pelirrojo de doctorado en antropología, dedicado a hacer el bien. Tenía un español aceptable y era amigo de un amigo de Wari que aún seguía en la universidad. Eric y Wari habían discutido sobre Guayasamín y la iconografía indigenista, sobre cubismo y la tradición textil de Paracas en la costa peruana. Compartieron litros de cerveza y reían a medida que la comunicación progresaba con cada trago, recurriendo al spanglish o a dibujos a lápiz en las servilletas cuando era necesario. Finalmente, Eric hizo una cita para visitar el estudio de Wari. Se había llevado consigo un par de cuadros de regreso a Nueva York y organizó una exposición por intermedio de su Departamento. Todo concluyó con un entusiasta e-mail y una invitación en papel bond color crema. Wari lo pensó durante algunas semanas, hasta que decidió gastar todos sus ahorros en un pasaje de ida y vuelta. Era la única clase de pasajes que vendían. Una vez instalado en Nueva York, enterró el pasaje en el fondo de la maleta, como si se tratara de un objeto radioactivo. No sabía qué otra cosa hacer con él. Esa primera noche, cuando el apartamento quedó en total calma, Wari escarbó en la maleta y lo examinó. Poseía una densidad anormal para un simple pedazo de papel. Soñó que resplandecía.

Wari encontró a Leah, la novia de su anfitrión, preparando pasta. Aún había luz afuera y Eric no había regresado todavía. Wari quería explicar exactamente lo que había visto y por qué lo había impresionado, pero no tenía las palabras. Ella no hablaba español pero aparentó que entendía sonriendo mucho y trayéndole cosas. Una taza de té, una tostada. El aceptó porque no estaba muy seguro de cómo rechazarlas. Su inglés lo avergonzaba. Mientras el agua hervía, Leah permaneció en la esquina de la sala. "¿Un buen día?" preguntó en inglés. "¿Tuviste un buen día?"

Wari asintió con la cabeza.

"Bien," dijo ella. Le trajo el control remoto del televisor y enseguida regresó a la pequeña cocina. Wari se acomodó en el sofá y dio vueltas por los canales, sin querer mostrarse grosero. Podía escuchar a Leah tarareando una canción. Ella usaba los jeans escurridos a la altura de las caderas. Wari decidió concentrarse en la televisión. Canales de deportes, noticieros, *talk shows;* el esfuerzo por tratar de entender le produjo dolor de cabeza, así que se quedó con un partido de béisbol, con el volumen bajo. El partido era muy lento y difícil de seguir y, antes de que pasara mucho rato, Wari se quedó dormido.

Cuando se despertó, tenía un plato de comida en frente. Leah se encontraba en el lavaplatos, lavando el suyo. Eric había llegado ya a la casa. "¡Buenas noches!" saludó con excesivo entusiasmo. "¿Buen partido?" Señaló hacia el televisor. Dos jugadores conversaban sobre el montículo, cubriéndose las caras con los guantes.

"Sí," contestó Wari. Se frotó los ojos.

Eric sonrió. "Los *Yanks* van a ganar otra vez este año," comentó. "Son los del uniforme blanco."

"Lo siento," fue todo lo que Wari pudo decir.

Conversaron un rato en español sobre los detalles de la exposición, que se abriría al público en un par de días. Los óleos de Wari estaban recostados contra la pared, aún envueltos en papel marrón y con la palabra *Fragile* trazada encima. Los colgarían al día siguiente. "¿Quieres trabajar mientras estás aquí?" preguntó Eric. "Quiero decir, pintar. En el Departamento me dicen que te pueden ofrecer un estudio por unas semanas."

Esto tenía mucho que ver con el pasaje radioactivo sepultado en el fondo de su maleta. Wari sintió un cosquilleo en las manos. No había traído ningún pincel ni pinturas ni lápices, nada. No tenía plata para comprar materiales. Sospechaba que pasarían años antes de poder volver a hacerlo. ¿Cómo sería *no* pintar?

"No, gracias," contestó Wari en inglés. Cerró los dedos en un puño.

"Tomándote una vacación, ¿ah? Eso está bien, hermano. Disfruta de la ciudad."

Wari quiso saber sobre las tarjetas de llamadas y Eric le dijo que uno las podía conseguir en cualquier parte y baratas. En cualquier almacén, tienda de la esquina, farmacia, kiosco. "Estamos en contacto," añadió y se rió. "Las venden justo al lado de los billetes de la Lotto. ¿Aún no has llamado a tu casa?"

Wari sacudió la cabeza. ¿Ya lo estarían extrañando?

"Deberías." Eric se acomodó en el sofá. Leah había desaparecido en la habitación.

Su anfitrión empezó a hablarle al parpadeante televisor mientras Wari terminaba de comer.

La embajada de Estados Unidos se levanta contra un cerro pelado en uno de los barrios más elegantes de Lima. Un inmenso bunker con la fachada tapizada con los azulejos de cualquier baño lujoso; la puerta exterior se encuentra tan alejada del edificio mismo que se necesitaría mucha fuerza para lanzar una piedra hasta el primer piso. Todas las mañanas antes del amanecer, se forma una larga fila de gente que le da la vuelta a la manzana; una procesión de peruanos esperanzados con la vista puesta en Miami o Los Angeles o New Jersey o donde sea. Desde el pasado septiembre, después de los ataques, la embajada obligó a que la fila se formara mucho más lejos, más allá de unas barricadas color azul, hacia el borde mismo de la ancha acera. En marzo, como bienvenida al presidente de Estados Unidos, había estallado un carro bomba. Diez peruanos habían muerto, incluyendo un chico de trece años que tuvo la mala suerte de estar jugando con su patineta cerca de la embajada en el momento equivocado. Su cráneo había sido perforado por la metralla. Ahora la avenida se encontraba cerrada a todo tipo de tráfico, excepto los vehículos oficiales. Pero la fila seguía ahí, cada mañana sin contar los domingos, por el centro de la calle vacía.

Antes del viaje, Wari presentó la carta, todos los papeles necesarios y pagó todo lo que tenía que pagar. Certificados de propiedad, cuentas bancarias, diplomas de la universidad, una lista de sus exhibiciones y muestras en galerías, certificado de nacimiento y los documentos autenticados de un prematuro matrimonio y el redentor divorcio. La totalidad de sus veintisiete años, en papel. El documento más importante, por supuesto, era la carta de Eric en papel membreteado de la universidad. Eric le había hecho saber que no se trataba de cualquier universidad. Wari dedujo que debería pronunciar el nombre de la institución con reverencia y todos reconocerían su prestigio. Eric le había asegurado que le abriría puertas.

Pero, en lugar de eso, la mujer afirmó: ya no concedemos visas de noventa días. Por entre la ventanilla de plástico, Wari intentó señalar la invitación, las letras doradas y su elegante filigrana, pero la mujer no se mostró interesada. Regrese en dos semanas, le dijo.

Así lo hizo. En su pasaporte, Wari encontró una visa de turista por un mes.

En el aeropuerto de Miami, Wari presentó una vez más sus papeles, su pasaporte y, por separado, la invitación en su reluciente sobre. Para su sorpresa, el oficial lo envió directamente a un cuarto de interrogación, sin ni siquiera echar un vistazo a los documentos. Wari aguardó en el cuarto vacío, recordando la broma de un amigo: "Acuérdate de afeitarte o pensarán que eres árabe." El amigo de Wari había celebrado la advertencia estrellando un vaso de vidrio contra el piso del bar. Todo el mundo había aplaudido. Wari podía sentir el sudor acumulándose en los poros de la cara. Se preguntaba qué tan mal aspecto tendría, cuán cansado y desaliñado luciría. Cuán amenazante. Sentía en sus pulmones el peso del aire viciado y reciclado de la cabina del avión. Podía sentir cómo se oscurecía su piel bajo las luces fluorescentes.

Entonces un agente entró, lanzándole preguntas en inglés. Wari hizo lo mejor posible por contestar. "¿Un artista, ah?" dijo el agente, examinando sus documentos.

Wari plegó los dedos sobre un pincel imaginario y trazó círculos en el aire.

El agente detuvo con una señal de la mano el gesto de Wari. Revisó los papeles, concentrándose finalmente en el extracto del banco. Frunció el ceño.

"¿Se dirige a Nueva York?" preguntó. "¿Por un mes?"

"En Lima, me dieron sólo un mes," contestó Wari cuidadosamente.

El agente sacudió la cabeza. "Usted no tiene el dinero suficiente para esa clase de estadía." Examinó la invitación y enseguida señaló la exigua cifra al final del documento. Se la mostró a Wari, que reprimió una sonrisita nerviosa. "Dos semanas. Y no se haga muchas ilusiones," añadió el agente. "Estamos siendo generosos. Debe cambiar el pasaje apenas llegue a Nueva York."

Estampó en el pasaporte vino tinto de Wari una nueva visa y lo dejó ir.

En el reclamo de equipaje, Wari encontró sus pinturas amontonadas a un lado de la cinta transportadora ya apagada. Se dirigió hacia la aduana, contestando más preguntas antes de poder seguir. Aguardó con paciencia mientras le revisaban la maleta, escarbando entre su ropa. Examinaron sus pinturas con especial cuidado, y entonces por fin aquí la carta dorada cumplió su cometido. Lo dejaron pasar. Wari se sintió mareado, los ruidos imprecisos del aeropuerto transmitiéndole un repentino efecto narcótico, el sueño llamándolo hacia su abrazo protector. Noventa días es un lapso humano, pensó. Un tiempo suficiente para tomar una decisión e identificar sus posibles grietas. Para buscar un empleo y ajustar las contingencias. Para empezar a imaginar la permanencia de las despedidas. No era como si Wari no tuviera nada qué perder. Tenía a sus papás, un hermano, buenos amigos, una carrera que acababa de iniciar en Lima, una ex esposa. ¿Y si dejara eso atrás? Incluso un mes dedicado a la meditación—deambulando de un lado a otro de la nueva ciudad,

ejercitándose en las ondulaciones de un lenguaje extraño—
podría ser el espacio suficiente para tomar una decisión. Pero
¿dos semanas? Wari pensó que era cruel. Contó los días con los
dedos: veinticuatro horas después de que descolgaran sus cuadros se convertiría en un ilegal. Wari había supuesto que la decisión correcta le parecería obvia, si no de manera inmediata, sí
con seguridad antes de que se cumplieran los tres meses. Pero no
existía ninguna posibilidad de alcanzar esa claridad en el lapso de
catorce días. Wari caminó a lo largo del aeropuerto de Miami
como si lo hubieran golpeado en la cara. Sus pies se arrastraban.
Alcanzó el vuelo hacia LaGuardia justo cuando estaban cerrando las puertas y lo detuvieron de nuevo en la sala de embar-
que, sus zapatos fueran examinados por una mujer con guantes
de látex que se rehusó a responder a sus débiles sonrisas. En
el avión, Wari durmió con la cara recostada contra la ventana.
No había nada para ver, en todo caso. Era un día nublado en el
sur de la Florida, sin horizonte, sin ese cielo azul turquesa digno
de cualquier postal, nada, excepto la extensión gris de un ala y
sus chorros de vapor, borboteando en el extremo como astillas
de humo.

Leah lo despertó con una disculpa. "Tengo que empezar a trabajar," dijo, suavemente. "En todo caso no hubieras podido seguir
durmiendo." Sonrió. Tenía el pelo agarrado en una cola de caba-
llo. Olía a limpio. Leah hacía joyería y el cuarto de Wari, que
en realidad era la sala, también servía como el taller de trabajo
de Leah.

"No importa," dijo Wari, sentándose en el sofá, esforzándose
por ocultar su erección de la mañana.

Leah sonrío al ver que Wari maniobraba torpemente con la

sábana. "Ya he visto muchas, créeme," dijo, "me despierto todo los días al lado de Eric."

Wari sintió que se le enrojecía la cara. "Tiene suerte," comentó.

Ella se rió.

"¿Dónde está Eric?" preguntó Wari, avergonzado de su pronunciación.

"Estudiando. Trabajando. Dicta clase a *undergrads*. Estudiantes jóvenes," contestó ella, explicando, con gestos, la palabra "jóvenes" como pequeños.

Wari imaginó a Eric, con su cara ancha y pálida y el pelo rojo, dictando clases a gente en miniatura, humanos diminutos que miraban hacia lo alto para aprender. Le gustó que Leah hubiera hecho un esfuerzo. El podía comprender mucho más de lo que podía decir, pero ¿cómo podría ella saberlo?

La estuvo observando durante un rato, limando metal y doblando tiras de plata en forma de círculos. Le gustó la precisión con la que trabajaba, y a ella no parecía molestarle que él la mirara. Leah lustró una pieza, la limó y la pulió, doblando el metal con herramientas que parecían demasiado toscas para sus manos delicadas. Sostuvo un martillo con vigor, era una mujer con objetivos. Fue una demostración cabal. "Estoy por terminar," dijo Leah finalmente, "y entonces vendrás conmigo. Conozco un peruano con el que podrás conversar."

Wari se duchó y desayunó una taza de cereal frío antes de salir hacia Downtown. El peruano que ella conocía se llamaba Fredy. Ella no sabía exactamente de qué parte era, aunque estaba segura de que se lo había dicho. Fredy trabajaba en una feria callejera en Canal Street. Leah se lo había ganado con una sonrisa algunos años atrás, y ahora él la dejaba vender su joyería en consignación. Cada dos semanas, ella traía material nuevo, escuchaba el balance que hacía Fredy de lo que había vendido y de lo que no, con una experta explicación de las razones. El vivía ahora en New Jersey, contó Leah, y se había casado con una mujer china. "Se comunican entre los dos en un inglés a medias. ¿No es increíble?"

Wari estuvo de acuerdo.

"Debe decir algo sobre la naturaleza del amor, ¿no crees?" comentó Leah. "Cada uno necesita confiar plenamente en el otro. Esa ventanita que cada uno conoce del otro en inglés es demasiado pequeña comparada con todo lo que cada uno es en su propio idioma."

Wari reflexionó. El metro traqueteaba en su recorrido hacia downtown. Pero siempre ocurre así, quiso decir, uno nunca sabe con total certeza. Sin embargo, se mantuvo en silencio.

"¿Comprendes cuando hablo?" preguntó Leah. "¿Si hablo despacio?"

"Claro," respondió Wari, entendía, pero se sentía impotente de agregar alguna cosa más. Advirtió el número descendente de las calles en cada parada y siguió en el mapa su avance subterráneo. Un adhesivo cubría el extremo sur de la isla. Se bajaron antes de alcanzar la zona cubierta. En Canal, le bastaron a Wari sólo algunas calles para sentirse en Lima: esa densidad, ese ruido, ese circo. El aire estaba cargado de idiomas desconocidos. Se sentía hasta cierto punto cómodo, pero no le importó que Leah lo tomara del brazo y lo condujera de prisa por entre el gentío. Se daba codazos con la ciudad, como si caminara contra una lluvia torrencial.

Fredy resultó ser ecuatoriano, y Leah no pudo ocultar la vergüenza. Se puso de un tono rosado que le recordó a Wari la agonizante luz de un atardecer. Wari y Fredy le aseguraron que no tenía importancia.

"Somos de países hermanos," dijo Fredy.

"Compartimos fronteras e historia," añadió Wari.

El ecuatoriano sonrió obsequiosamente, habló del tratado de paz que se había firmado apenas unos años atrás. Wari continuó con el juego, le estrechó vigorosamente la mano a Fredy hasta cuando Leah ya no pareció sentirse incómoda por su equivocación. Entonces ella y Fredy empezaron a hablar de negocios, regateando de una manera juguetona que más parecía un coqueteo, hasta que Leah, por supuesto, ganó. Cuando terminaron, Leah se excusó, y se fue a caminar por entre los otros stands, dejando solos a Wari y Fredy.

Cuando se encontraba lo suficientemente lejos para no escucharlos, Fredy miró a Wari. "No me vayas a pedir trabajo, compadre," dijo, poniéndose serio. "La cosa ya está muy jodida para mí."

Wari se sintió desconcertado. "¿Quién te está pidiendo chamba? Ya tengo trabajo, cholo."

"Sí. Seguro."

Wari no le prestó atención, inspeccionó la mesa arreglada con tenedores pequeños doblados en formas de aretes ridículos. En el otro extremo, había fotos en blanco y negro de picos andinos plateados y cubiertos de nieve, y otras imágenes de fortalezas derruidas y de iglesias coloniales. Las escenas no tenían gente; paisajes o construcciones o piedras dispersas esculpidas por los Incas, todo fusionado por el mismo vacío deshabitado. "No hay gente," comentó Wari.

"Todos emigraron," dijo Fredy con sorna.

"¿Y esta basura se vende?"

"Bastante bien."

"Ella es mi novia, sabes," dijo Wari de repente, y le gustó el tono de la mentira, su intempestiva aparición, y la mirada de asombro del ecuatoriano.

"¿La gringa?"

"Sí."

"Anda, huevón," contestó Fredy.

Entonces se acercaron dos clientes, una mujer joven y su novio. Fredy cambió a inglés, con fuerte acento, pero bastante aceptable, y señaló varios objetos sobre la mesa, sugiriéndoles unos aretes que hacían juego con el tono de piel de la mujer. Ella se probó un par; Fredy le sostuvo servicialmente el espejo, mientras su distraído novio examinaba las fotos. Wari se preguntó hacia dónde habría ido Leah. La mujer se volteó a mirar. "¿Qué piensan?" preguntó, mirando alternativamente a Wari y a Fredy.

"Es muy lindo," dijo Wari.

"Como un millón de dólares," dijo Fredy.

"¿De dónde es?" preguntó, tocando con el dedo la piedra lapislázuli.

"Del Perú," dijo Wari.

Fredy lo miró seriamente. "De los Andes," corrigió.

"Trev," dijo la mujer llamando al novio. "¡Son del Perú! ¿No son lindos?"

Sacó un billete de veinte y Fredy le dio el cambio. Envolvió los aretes en papel de seda y le ofreció una tarjeta. La pareja se alejó, cuchicheando. Wari y Fredy no hablaron. Leah apareció y Wari se aseguró de tocarla, despreocupadamente, como si no significara nada. Podía sentir cómo los observaba Fredy, estudiando cada uno de sus movimientos.

"¿Le contaste a Fredy de tu exposición?" le preguntó Leah a Wari.

Wari sacudió la cabeza. "Tan modesto," dijo Leah y puso a

Fredy al corriente de todos los detalles, exagerando su importancia y su trascendencia. Wari se sintió como un dignatario visitante, alguien famoso.

Wari le pasó el brazo por encima. Leah no lo rechazó. Fredy comentó que le iba a quedar difícil asistir.

"Okay, pero ¿tal vez?" preguntó Leah.

"Por favor, ven," añadió Wari, sin preocuparse por la pronunciación.

Partir no es ningún problema. En realidad es emocionante; de hecho, es como una droga. Lo que lo puede matar a uno es la estadía sin término. Esta es la sabiduría que ha heredado el inmigrante. Lo escucha uno de la gente que regiesa a casa, después de una década de vivir por fuera. Escucha uno sobre la euforia que desaparece muy pronto; las cosas nuevas pierden su novedad y, después de un rato, también pierden la facultad de asombro. El idioma es desconcertante. Se cansa uno de explorar. Entonces, la lista de cosas que uno extraña se multiplica más allá de toda cordura y la nostalgia lo nubla todo: en el recuerdo, el país natal se ve limpio e incorrupto, las calles seguras, todo el mundo es amable, y la comida es perpetuamente deliciosa. Los sagrados detalles de la vida pasada aparecen y reaparecen bajo insólitas repeticiones, en cientos de sueños de vigilia. Uno vive con los bolsillos llenos de dinero, pero el corazón se siente enfermo y vacío.

Wari estaba preparado para enfrentar todo esto.

En Lima, se reunió con algunos amigos y ofreció sus adioses. Despedidas tentativas, equívocas. Despedidas con tragos, representadas como bromas, las amables sonrisas antes del puf y la desaparición: es magia tercermundista. Tal vez vuelva, les dijo a todos, o tal vez no. Llevó al cuarto de atrás de la casa de sus padres dos cajas con distintas pertenencias. Despegó algunos afiches de las paredes, cubriendo los pequeños agujeros con ma-cilla. Animó a su madre a que alquilara su cuarto para tener una plata extra si él no regresaba antes de un mes. Su madre lloró, pero no mucho. Su hermano le deseó buena suerte. Wari ofreció un brindis por la familia durante la comida del domingo y pro-metió regresar algún día, pronto. Abrazó a su padre, y aceptó el rollo de un billete de cien pesos que su viejo le deslizó en la mano. Y durante los últimos días antes de partir, Wari y Eric intercam-biaron entusiastas e-mails resolviendo los últimos detalles para la exposición: el tamaño exacto de los óleos, la hoja de vida traducida, el comunicado de prensa. Todo el protocolo de una inauguración real, aunque a Wari le pareció demasiado ruido y cháchara. Para él, las únicas cosas sólidas eran el pasaje, la rampa del aeropuerto, el avión y el obligado asiento a la ventana para echar un último y dilatado vistazo a Lima. El purgatorio desértico, las inminentes luces del norte.

Estoy listo, pensó.

Y si ninguno le hizo preguntas, se debía a que su lógica era in-contestable. ¿Qué iba a hacer él allá? ¿Cuánto tiempo podía vivir en la casa? Un pintor divorciado, profesor ocasional, ¿qué hace un artista en un sitio como ése? En Norteamérica uno puede tra-pear pisos y hacer plata, si uno está dispuesto a trabajar. Y tú estás dispuesto a trabajar, ¿cierto Wari?

Sí, lo estoy.

¿En cualquier cosa? ¿Trabajar a la intemperie? ¿Cargando, trasteando, limpiando?

Cualquier cosa.

Y eso fue todo. ¿Qué otras preguntas había? Todo iba a salir bien.

Su madre fue la única que expresó algún tipo de preocupación. "¿Es por causa de Elie?" preguntó días antes de su viaje. Wari había estado esperando esta pregunta. Elie, su ex esposa, a quien amaba y odiaba al mismo tiempo. Al menos no había hijos que crecieran odiándolo. Wari se sentía aliviado de que todo hubiera concluido, convencido de que ella también se sentiría igual.

"No, Má," contestó. "No tiene nada que ver con ella."

Su madre sonrió, sonrió y sonrió.

En el apartamento de Eric, Wari soñaba despierto. Aderezaba el invento que ideó con Leah. Se encontraba echado en el sofá y redactaba mentalmente e-mails para sus amigos allá en casa hablándoles de ella, describiéndoles la forma de su cuerpo, el color de su piel. La solución a sus catorce días de cuarentena: casarse con ella y quedarse, casarse con ella y regresar. Se casaría con ella y daría lo mismo. Se imaginó enamorándose en monosílabos, con movimientos de cabeza y sonrisas y gestos expresivos. Narrándole en pictogramas a Leah la historia de su vida: su modesta casa familiar. Los colores apagados y carbonosos de su ciudad natal. Su alguna vez feliz matrimonio y sus desleídos cimientos, desmoronándose desde adentro en una parodia perfecta del amor. Era el comienzo de la tarde y Leah se preparaba para su empleo como camarera. El agua de la ducha corría. A través de las paredes delgadas Wari podía escuchar el ruido del agua sobre el cuerpo de ella. Su pelo castaño claro se volvía oscuro cuando estaba húmedo. Cerró los ojos y se imaginó su cuerpo desnudo. Después vio el de Elie. Wari encendió el televisor, dejando que su ruido llenara el espacio de la sala. Había pasado casi un año desde los ataques y ya habían empezado las inevitables repeticiones. Cambió de canal, la mente en otras cosas: Fredy en el metro de regreso a casa donde su esposa china, preguntándose si sería cierto lo que había alardeado

Wari. Elie, en alguna parte de Lima, sin saber siquiera que él se había ido. Leah, en la ducha, sin pensar en él. En todos los canales, los edificios colapsaban en nubes de polvo y Wari los observaba mudo, escuchando esperanzado la música acuática de Leah.

Wari dio dos golpecitos rápidos en la puerta de madera. Eso había sido varios años atrás. "Chola," llamó a la mujer que se convertiría en su esposa. "Chola ¿estás ahí?"

Pero Elie no estaba. Había dejado la música encendida para espantar a los ladrones. Vivía en Magdalena, un destartalado distrito al lado del mar, en un barrio con equipos de sonido a todo volumen en apartamentos vacíos. Chicos de catorce años ahuecando las palmas de las manos para recibir la pasta, siempre atentos a la cercanía de los *tombos*. Jugaban fútbol en las calles y les mandaban piedras a los moto-taxis. Wari golpeó en la puerta una vez más. "No está," dijo alguien desde la calle. Wari sabía que no estaba, pero quería verla. Quería besarla y abrazarla y contarle las buenas noticias.

Era una versión más joven y más feliz de sí mismo.

Buenas noticias, mi amor: su primera exposición en una galería de Miraflores. Una verdadera muestra con vino, catálogo, y la promesa de una nota de prensa, incluso tal vez media columna con una entrevista en uno de los suplementos dominicales. Eso era lo que deseaba contarle.

Wari siguió tocando en la puerta otro rato. Tarareó la melodía que sonaba adentro en el apartamento. Sacó lápiz y papel y le escribió una nota, en inglés. Los dos estudiaban en el instituto. Elie sin tanto entusiasmo. El inglés es vulgar, había dicho. Se lamentaba del fin del español, de la moda del estilo gringo. Estaba en todas partes: en la televisión, en los periódicos, en la radio. En los cafés, los niños bien hablaban así: "Sí, pero así es la gente *nice*. No tienen ese *feeling*." ¿Para qué quieres aprender ese idioma, acomplejado, mi querido Wari? Tú sólo pinta y estarás bien. Ella lo hacía reír y por eso la amaba. Entonces, en una hoja de papel arrancada de un cuaderno, le escribió: *I come see you, but instead meet your absence.*

Estaba perfecto, pensó. Puso una W en el borde, porque sí, como si alguien más fuera a venir a la casa de Elie y dejarle una nota como ésa. La clavó en la puerta y bajó a la calle, la música seguía saliendo de los apartamentos vacíos. Una música que se deslizaba hacia afuera. No tenía nada más que hacer sino esperarla. Uno de los chicos en la esquina lo miró de mala cara, pero Wari le contestó con una sonrisa. Era el final de la tarde, el último residuo de luz viva del día.

Se inauguró la exposición, aunque a la recepción llegó muy poca gente. "No es muy buena época," dijo Eric, con Leah agarrada a su brazo. "El aniversario tiene a todo el mundo con los nervios de punta."

"Con los nervios de punta," preguntó Wari, "¿es como asustados?"

"Exactamente," dijo Leah.

A Wari no le importó. El también estaba asustado. Y no porque el mundo pudiera explotar, o porque Manhattan pudiera hundirse en el mar, sino temores reales. Sus pinturas brillaban bajo la luz de los reflectores. Un puñado de gente entraba y salía, bebiendo champaña a sorbos en vasos de plástico. Desde el principio le pareció que había algo extraño en sus cuadros, como si fueran el trabajo de alguien distinto, un hombre que él solía tratar, algún conocido en un distante episodio de su vida. Concluyó que no había nada especial en esas pinturas. Existían, como él, pero nada más.

La grandiosa ilusión del exilio es que todos se encuentran allá en la casa, enemigos y amigos, todos *voyeurs,* contemplándote. Todo ha ganado en importancia por el hecho de que uno se encuentra lejos. Allá, las rutinas íntimas no eran sino eso. Aquí, las rutinas se vuelven portentosas, trascendentes. Poseen el peso de un descubrimiento. ¿Podrán ellos verme? ¿En esta ciudad, en esta catedral? ¿En esta galería de Nueva York? No tiene importancia que haya estado casi vacía y a unas cien cuadras del barrio donde se comercia el arte. No para beneficio propio, sino para beneficio de los otros, Wari fabricaría la cantidad apropiada de entusiasmo. Los haría sentir a todos felices. Me va muy bien, Má, diría por entre la estática del teléfono. La comunicación es mala, pero ahora sé que todo saldrá perfecto.

Más tarde, Eric y Leah llevaron a Wari a beber algo con algunos amigos. Podía percibir que los dos se sentían mal, como si le hubieran fallado. Eric se quejó sobre la apatía de los estudiantes. Lo llamó falta de compromiso. Su Departamento vivía en el caos, afirmó, no habían hecho un buen trabajo de promoción. Leah asintió solemne mostrándose de acuerdo. Eran sólo palabras. Nada que dijera Wari podría convencer a su anfitrión de que a él realmente no le importaba. Te he usado, hubiera querido decir, he dejado de ser un pintor. Pero eso sonaba demasiado cruel, injusto y hasta cierto punto falso.

"No hay problema," repetía una y otra vez. "Nos divertimos."

"Sí, sí, pero aún así . . . me siento mal."

Los gringos siempre se sienten mal. Van por el mundo cargando esa carga opulenta. Toman fotos digitales y compran arte popular, acosados por una sombría decepción de sí mismos y del mundo. Arrasan bosques enteros con los ojos llenos de lágrimas. Wari sonrió. Quería decir que entendía, que nada de esto era culpa de Eric. Era lo que tenía que suceder. Tomó la mano de Eric. "Gracias," dijo y se la estrechó fuerte.

El bar estaba caluroso y animado. Los televisores transmitían partidos de béisbol desde una docena de ciudades. Los amigos de Eric felicitaron a Wari, le daban palmaditas en la espalda. "¡Muy bien!" gritaban complacidos. No permitirían que él gastara un solo dólar. Pidieron una y otra ronda hasta que las luces de los anuncios de cerveza se transformaron en borrosos arabescos de neón. Wari encontraba casi imposible comprender una sola palabra de las conversaciones a gritos. Había una chica, una mujer que todo el tiempo le daba miradas incitantes. Era delgada y transmitía una especie de bondad frágil. Wari la vio susurrarle algo al oído a Leah, y las dos voltearon a mirarlo y sonrieron. El les devolvió la sonrisa.

"Me gustan mucho tus cuadros," diría ella más tarde. La noche se acercaba a su fin. Varios ya habían partido. Leah y Eric se habían separado del grupo. Se besaban y reían y, por la manera como se miraban a los ojos, Wari podía asegurar que estaban enamorados. La escena lo hizo sentir un poco tonto.

Estaba ignorando a la mujer que tenía enfrente. "Gracias," dijo.

"Son tan violentos."

"Ésa no era mi intención."

"Eso fue lo que yo vi."

"Muy bien que lo hayas visto. La violencia sucede algunas veces."

"Me llamo Ellen," dijo ella.

"Es un nombre bonito. Mi ex esposa se llama Elie."

"Tú eres Wari."

"Sí, soy yo."

"¿Cuánto tiempo te vas a quedar?"

"Tengo diez días más en la visa," contestó Wari.

"Oh."

"Pero no sé."

Hubo más tragos y más confidencias comunicadas a gritos en medio de la cacofonía del bar. Ellen tenía una sonrisa dulce y unos labios que él podía verse besando. Su mano se había posado sin esfuerzo sobre la rodilla de ella. En el rincón del bar, Leah y Eric se besaban una y otra vez. *Cuánto tiempo te vas a quedar no sé. Cuantotiempotevasaquedarnosé.* Wari quería dejar caer el vaso al piso, pero temió que no se haría pedazos. Sospechó que ninguno aplaudiría, que ninguno descubriría la belleza de ese sonido. Los días se iban desvaneciendo. Se encontró en la calle, Ellen estaba tratando de enseñarle cómo llamar un taxi. Tienes que mostrarte agresivo, decía. ¿Piensa que nosotros no tenemos taxis? se preguntó, molesto. ¿Piensa que viajamos en mulas? Pero igual de rápido, no le importó. Ella lo decía sin ninguna doble intención. Podía sentir el planeta expandiéndose, sus detalles perdiendo consistencia. ¿Quién es esta mujer? ¿Qué ciudad es ésta? La noche era tibia, y el cielo, si uno miraba derecho hacia arriba, era de un azul índigo intenso. Estaban en downtown. Su cabeza nadaba en licor. Debería llamar a mi mamá, pensó, y decirle que estoy vivo. Debería llamar a Elie y decirle que estoy muerto.

Permanecieron en la esquina de la calle. Los taxis amarillos no paraban de pasar uno detrás del otro frente al brazo extendido de Wari. No era muy bueno para eso. Wari volteó a mirar y encontró a Ellen aturdida, mirando hacia el final de la calle.

"Estaban ahí, sabes. Ahí mismo," dijo Ellen. Lo tomó de la mano.

Quedaron en silencio. Ella señaló con dos dedos en dirección al horizonte, hacia el sur de la isla. Wari miró fijamente la bostezante hoquedad del cielo, una nada extensa y vacía.

el visitante

Habían transcurrido tres meses y yo pensaba que las cosas se pondrían cada vez más fáciles. Los niños aún lloraban por la noche. Aún preguntaban por su mamá. En las mañanas despejadas, los llevaba al cementerio, que era lo único que había quedado del antiguo pueblo. Desde la colina podíamos divisar los restos del valle y la profunda herida en el sitio donde se había deslizado la montaña. Los aviones sólo volaban durante los días despejados, los días sin nubes, y los buscábamos en el cielo sobre nuestras cabezas: giraban en el aire, oscilantes, sus temblorosas alas estremecidas por los vientos de la montaña. Los niños los saludaban con la mano. Contábamos los paracaídas amontonándose poco a poco allá abajo. Era un juego que nos habíamos inventado. Enseñé a Mariela y Ximena a diferenciar el alemán del francés mientras examinábamos cuidadosamente los paquetes de alimentos y otras donaciones. Le ayudaba a Efraín a sacar los paracaídas del barro y a limpiarlos.

El primer día nos apretamos unos contra otros para calentarnos. El cielo se había cargado de polvo después del derrumbe. Habíamos estado en el cementerio enterrando al más pequeño, que apenas tenía unos días de nacido cuando murió, y a quien

Erlinda, mi esposa, no había tenido el valor de ponerle un nombre. Los niños no entendían. Erlinda se había quedado en el pueblo, recuperándose. Lo pusimos bajo tierra. Hubo entonces un ligero temblor. La montaña se vino abajo. Sostuve a los tres niños a mi lado. Una mezcla de hielo, rocas y barro se deslizó estruendosamente hacia abajo, hacia el valle.

Nos quedamos esa primera noche en el cementerio. Algunos de los ataúdes habían sido expulsados de la tierra. Levanté un cobertizo con las tablas de madera. La tierra temblaba más o menos cada hora, yo estaba asustado. La cumbre de la colina del cementerio era lo único que se asomaba por encima del fango. Apenas había espacio suficiente para mí y mis tres hijos.

Al segundo día salió el sol, y el barro empezó a secarse. Cogí dos de las tablas más largas y les dije a los niños que me esperaran. Efraín quiso acompañarme, pero le ordené que se quedara y cuidara a sus hermanas. La ayuda está en camino, les dije. Acomodé las tablas una delante de la otra y sobre ellas avancé por encima del barro hacia el sitio donde había estado nuestra casa. Me orienté por la plaza, que aún podía reconocer. Las copas de las cuatro palmeras sobresalían por encima del barro, pero la catedral y las otras construcciones habían quedado enterradas. No vi a nadie. Las tablas se hundían ligeramente en el barro cuando las pisaba.

Anduve por encima del pueblo enterrado. Nos habíamos mudado aquí desde el extremo sur del valle cuando decidimos empezar una familia. Aquí nos ganaríamos la vida. Yo cuidaba ganado que no era mío. Erlinda vendía lo que podía en el mercado. Trabajábamos y ahorrábamos. Intentamos comprar un pedazo de tierra en las faldas orientales de las montañas, pero nos rechazaron. Esas tierras están reservadas para familias importantes, nos dijeron, no para ustedes. Justo antes de que el menor se muriera, habíamos hablado de irnos. A la ciudad, al mar. Recuerdo a Erlinda y su confusión. Nos preocupaban los niños y el futuro. Nunca nos iríamos. Este era nuestro hogar. Había sido nuestro hogar.

Logré llegar, por fin, al sitio donde había estado la casa, donde mi esposa debía estar enterrada. Había llevado conmigo una cruz del cementerio, recogida entre los escombros de las tumbas en ruinas. La clavé en el barro que cubría mi casa. Recé por que Erlinda no hubiera sentido dolor alguno y no hubiera tenido tiempo de sentir miedo. Recé por que hubiera muerto mientras dormía.

Al otro lado del valle, las faldas de las montañas estaban verdes y florecientes. Mis hijos tenían hambre. Me senté y recé, después agarré las tablas y avancé en dirección a las lomas.

Allá encontré hierbas y algunas frutas, ovejas y cabras pastando, ahora sin otro dueño que no fuera yo. El sol me calentaba las mejillas. Mientras atravesaba el valle, al otro extremo de la fangosa franja de tierra, vi la colina del cementerio. Los niños estaban sentados uno al lado de otro; los saludé con la mano. Mejor nos quedamos aquí, decidí. Estas eran las mejores tierras. Regresé por los niños. Mientras las niñas aguardaban, Efraín y yo hicimos dos viajes más, cruzando con pasos cuidadosos las gruesas capas de barro compacto y llevando más tablas. Con los restos de los ataúdes rotos, construimos una nueva casa en las cuestas orientales.

En las semanas que pasaron, Efraín parecía crecer cada día, y yo me sentía orgulloso. Cuidaba a las niñas. Me hizo la vida más fácil. Las niñas le preguntaban acerca de su mamá, porque entendieron que yo ya no podía contestarles más. Efraín les daba la misma respuesta escueta que yo les había dado: que ahora las cosas eran diferentes. Estas palabras por lo general las hacían llorar, Mariela se escondía en el abrazo de su hermana. Me hubiera gustado abrazarlas, pero yo no tenía nada que ofrecerles. Me esforzaba por mantenerme fuerte. Soñaba con Erlinda todas las noches. La visitaba todos los días, para hablarle de los niños, de nuestro nuevo hogar. Le decía que la extrañaba. Más o menos cada semana, sacaba la cruz y la volvía a enterrar, para que no se cayera hacia un lado u otro a medida que el barro se reacomodaba. Desde nuestra casa nueva podíamos divisarlo todo y todo eso, le contaba a Erlinda, era nuestro: la colina del cementerio, las cuatro palmeras, las verdes cuestas al oriente y los animales que pastaban. Erlinda, mi esposa, descansaba en paz.

Algunos días me alejaba sigilosamente de los niños. Efraín se iba con sus hermanas a jugar mientras yo recogía los paracaídas de las lomas. A veces me sorprendía a mí mismo, llorando. Lloraba por el pueblo y por mi esposa, por mí y por los niños. Lloraba por mi hijo menor, por mi hijo enterrado. Los otros parecían haberlo olvidado: su tamaño, su respiración entrecortada, incluso todo lo que sucedió ese día. Yo también intentaba olvidarlo: como lo habían hecho nuestros abuelos, que reprimían su amor por un hijo hasta que no hubiera sobrevivido dos inviernos. Cuando yo tenía la edad de Efraín, perdí una hermana. Durante un tiempo, nuestra casa se mantuvo silenciosa y sombría, pero después de enterrarla, nunca más se volvió a hablar de ella.

Los niños se sobreponían a mis cambios de ánimo. Algunas veces les preguntaba, "¿Se acuerdan donde vivíamos antes?" y la expresión muda con la que me observaban me confirmaba que no habían comprendido la pregunta. Los envidiaba y envidiaba su joven amnesia. Bajo el acoso inmenso del cielo de las montañas, me sentía solo.

"¿Dónde vivíamos?" les preguntaba.

"Con mamá," era todo lo que contestaban siempre. Le dimos un nombre a nuestro vacío. Ese nombre era Erlinda.

Así que nos quedamos ahí, al otro extremo del valle desde el cementerio, en las colinas por encima del pueblo inmolado. Los paracaídas se deslizaban por entre las gruesas nubes, oscilando suavemente con el paso del viento. Nadie vino a ver el pueblo ni sus tumbas. Esperábamos. Seguíamos allí cuando apareció el visitante.

Se llamaba Alejo. Cargaba un bulto de ropa envuelto en una cobija. Venía del otro lado de las montañas, de la ciudad. "Llevo dos semanas caminando," me dijo. Bostezó al sentarse, y escuché cómo le crujían los huesos. "Tengo noticias."

"Díganoslas entonces," le pedí.

"Hay treinta y seis mil muertos en la ciudad."

"¿Treinta y seis mil?" pregunté.

El visitante asintió. Se quitó los zapatos.

"¿Y en el norte?"

"Veintidós mil, cuando salí."

"¿Y en el sur?"

"Según los últimos cálculos, veintiocho mil."

Me sentí mareado. "¿Y en la costa?" pregunté, aunque no conocía a nadie en la costa.

"Ningún pueblo quedó en pie."

"Dios Santo," dije.

Su cara estaba cuarteada por el viento. Se frotó los pies. Ximena nos trajo té servido en tazas de barro. Permanecimos sentados en silencio.

"¿Qué dice la gente?" pregunté.

Acarició la taza con sus manos callosas. Dejó que el vapor besara su cara.

"Casi nadie dice nada."

Empezó a hacer frío.

De la pila de ropa, Mariela trajo una chaqueta al visitante. "¡Adivina de dónde viene esta chaqueta!" le preguntó ella alegremente. "¡Adivina!"

El visitante sonrió amablemente y se encogió de hombros. Todos estábamos envueltos con esa ropa de colores brillantes que llevan los sobrevivientes.

"¡De Francia!" dijo mi hija, radiante.

Yo sonreí. "Un día contamos hasta trece paracaídas," dije.

"¿Trece?"

Mi hijo y yo habíamos recogido ya más o menos unos cincuenta paracaídas. Los usaríamos para levantar tiendas, para cuando llegaron las lluvias.

Pasamos otro rato en silencio.

"¿Qué tenemos para darle a nuestro visitante?" les pregunté a los niños. Habíamos quedado inundados con materiales de socorro, algunos útiles, otros no tanto. Una caja venida de Holanda con vestidos de baño en tallas inmensas. Tarjetas postales de Nueva York en las que nos deseaban buena suerte. Un paquete de corbatas de Dinamarca. Yo había agarrado una de color rojo que usaba para amarrarme el pelo negro. Efraín ofreció a Alejo una selección de corbatas. Erlinda se hubiera sentido orgullosa. "Escoge una, por favor," dijo Efraín, inclinándose ceremoniosamente.

El visitante tomó una de color naranja y me sonrió. Se la puso como banda en la cabeza, después agarró una más corta y se la ató a Efraín. "Ahora somos una tribu," dijo el visitante, sonriendo. Efraín también sonrió.

Estaba nublado, el cielo tenía color de hueso. La niebla bajaba de las montañas plateadas. "¿A cuántos perdió usted aquí, amigo?" quiso saber el visitante.

Aún se podía divisar la cruz. Señalé por encima del valle de barro hacia donde descansaba mi esposa. "Sólo una," contesté.

Efraín había escogido otras bandas para sus hermanas. Mis hijos eran una fila de corbatas danesas. "Sólo una," dijeron en coro.

guerra
en la penumbra

I. Oxapampa 1989

Un día antes de que la explosión de una bomba perdida lo sepultara en las selvas del Perú, Fernando se encontraba con José Carlos meditando acerca de la muerte.

Eran amigos de infancia. Tres décadas atrás, podría habérseles visto juntos en los escalones de la catedral, compartiendo un trozo de pan, tirándoles piedras a los perros callejeros que se acercaban a lamer las migajas a sus pies. O acomodados en cuatro patas, jugando canicas en el polvoriento solar de la casa de José Carlos en Tarapacá. Estas cosas triviales son las que se le vienen a uno a la cabeza ahora, pensó Fernando. El surtido de recuerdos irrelevantes de toda una vida. Alcanzó a ver el tinte azul oscuro del cielo. Llovería más tarde.

Estaban sentados al borde del campamento. Aquí, ocultos bajo una cubierta de lianas y hojas, envueltos en un trapo, estaban los explosivos. Fernando y José Carlos se habían alejado de los otros, y habían elegido este lugar para conversar un rato. Compartían un cigarrillo y un pedazo de pan duro y estuvieron de acuerdo en que eran lo peor que jamás habían probado. Especialmente el pan. "Más duro que la carne," comentó José Carlos. "Peor que la comida de la cárcel."

"Peor que la comida de tu mamá," comentó Fernando. Esperó a que una sonrisa cruzara la cara de su amigo.

Pero José Carlos se veía acabado, sin afeitar, afligido, con una camisa blanca deshilachada y un sombrero de paja con los bordes deshechos. Sus ojos se movían de un lado a otro, extraviados, y las manos llenas de cortes y arañazos se sacudían casi imperceptiblemente. Fernando lo observó atentamente, buscando alguna respuesta en el rostro de José Carlos, preguntándose cómo era que habían llegado hasta este lugar y por qué. Aunque había tratado de olvidar, era inútil: el calor era asesino, el aire irrespirable. Durante los últimos días, a Fernando lo dominaba una especie de parálisis. Descubrió que no era capaz de concentrarse en el presente. Por el contrario, su cerebro se veía atascado entre recuerdos como carcomidos por polillas y moscas, registros incompletos de instantes sin ningún orden aparente: Arequipa de noche, alrededor de 1960, en medio de una calle solitaria, mirando hacia arriba, sólo el cielo y el silencio; las mujeres que lo habían cuidado, desde su nacimiento hasta la infancia y más allá; su esposa, Maruja; su hija, Carmen, frágil, hermosa, y antes que nada, suya.

No le ayudaba el pensar demasiado en todos aquellos que había dejado atrás. Cada una de las cuatro mañanas anteriores, Fernando se había despertado con la comezón de las picaduras de los insectos sobre piernas y brazos. Todos los días, cuando la selva se cerraba sobre ellos, usaban los machetes por media hora hacia el final de la tarde, sacudiéndola y obligándola a retroceder. La selva era su peor enemigo. Cualquier comida que quedara por ahí desaparecía en minutos, con criaturas vivas abriéndose paso por entre la tierra para recogerla, digerirla, destruirla. No era en la vida en lo que pensaba en la selva, bajo la espesura de los árboles, en medio de la oscuridad.

"¿Tendrá este lugar algún nombre?" se preguntó en voz alta José Carlos. "¿Ya habrán llegado hasta aquí los cartógrafos?"

Por supuesto que no. Oxapampa tenía un nombre, pero se encontraba a tres días a pie desde aquí y, a lo largo de todo el recorrido, no habían cruzado más que jungla y un calor cada vez más asfixiante.

Fue Fernando quien sugirió que le pusieran un nombre. Pero, ¿qué clase de nombre se merecía este pedazo de tierra? ¿Un nombre indígena? ¿Revolucionario? ¿Debían llamarlo Tarapacá, en honor a su antigua calle?

Finalmente se decidieron por París, donde viven los poetas, y terminaron de comer el pan en silencio.

En la vida que dejó atrás, José Carlos había sido profesor de filosofía, una vida para la cual sobreviviría y recuperaría. Fernando podía ver sus esfuerzos por sonreír pero sin conseguirlo. "No tengo miedo de que me agarren," dijo José Carlos. "No tengo miedo de morir."

"¡Morir en París!" dijo Fernando.

José Carlos arrugó el entrecejo. "Hablo en serio, Negro."

Fernando, con sus ropas empapadas en sudor, sintió que el cuerpo se le derretía en la jungla infinita. José Carlos tenía razón: el tiempo de las bromas había pasado. Estas conversaciones sobre la muerte lo agotaban. Era lo único de lo que hablaba todo el mundo. ¿Qué sentido tenía? Este era el momento por el que habían luchado durante los últimos quince años. El país estaba en guerra. La crisis que habían vislumbrado en su juventud por fin había llegado. Ya era demasiado tarde para darse por vencidos, demasiado tarde para cambiar el rumbo. Estaban a menos de tres semanas del Año Nuevo y de una nueva década. Fernando tenía cuarenta y un años. Su hija, Carmen, a la que no volvería a ver nunca más, tenía dos años y medio.

"Yo tampoco," comentó. "Yo tampoco tengo miedo de morir."

II. Guerra en la penumbra 1983

Contaban con un plan por si alguna vez caían en un tiroteo: "Dispersense."

No era sofisticado ni elegante, pero era real.

Esta es una guerra de cobardes, pensó Fernando, cuando a la primera señal de peligro me ordenan que salga corriendo sin parar hacia el corazón de la selva, sin detenerme ni mirar atrás.

"Muerto, no nos sirves de nada, Fernando. Ya tenemos suficientes mártires."

Se hablaba demasiado de camaradería y hermandad para que aquellas instrucciones cayeran bien. El hacía su trabajo con la esperanza de que nunca se llegara a esos extremos. Pero un día se encontraba recorriendo campamentos en el norte, en San Martín, cuando sonaron varios disparos. No había tiempo para pensar. Un batallón del ejército se había tropezado con ellos por las lomas empinadas y tupidas. No se había acordado ningún tipo de táctica ni de estrategia, únicamente la lógica de una guerra a ciegas, en la penumbra de la selva: un soldado asustado disparaba un tiro; un rebelde atemorizado contestaba con otro. Los dos eran demasiado jóvenes como para hacer algo más que enterrar sus dudas bajo la violencia, y súbitamente, todos salen corriendo y la selva queda en llamas.

Todo lo que le habían enseñado le llegó con la claridad que da la intuición: "Sólo podemos enfrentar al enemigo en nuestros propios términos."

Ningún bando ve al otro.

"Dispersense."

En la selva los árboles tienen dedos y manos, las ramas ponen zancadillas. Uno corre porque la muerte lo persigue, porque la única manera de escapar es a solas. Fernando se abrió paso por entre la jungla durante dos días antes de encontrar el estrecho sendero al borde de la cresta de montaña por donde se reagruparían. Dos días, solo, siguiendo hilos de agua y porciones diminutas de sombra, que lo llevaban primero en una dirección, después en otra. Sus instintos eran urbanos, hechos para evaluar rutas de buses y calcular los tiempos de llegada, no para observar el cielo en busca de claves. Encontraría el camino, pero no antes de haberse preguntado en voz alta si éste era el lugar y el momento que Dios había escogido para su muerte. Se reunió de nuevo con sus camaradas, contaron cabezas, se afligieron en silencio por los que faltaban sin perder la esperanza de que surgieran de un momento a otro de entre la selva, sacudidos, pero vivos. ¿Qué había pasado? Ninguno sabía más que él. Se curaron las heridas y recuperaron su osadía. De regreso a la espesura, a marchar de un lado a otro, a enfrentar al enemigo, a hacer la guerra popular.

Pero para Fernando concluyó ahí mismo. En el transcurso de cinco semanas nunca había cargado un arma. Nunca había puesto un solo explosivo. La guerra, pensó—su guerra—se limitaba a caminar en círculos por la selva, a sufrir hambre, arrancándose insectos de la piel cada mañana. Esforzándose por mantenerse seco. Rezando para que no lo encontraran.

Abordó un bus en un pueblo de provincia y comenzó su camino de regreso a la costa. Se preguntaba si la gente sabría algo, si alguna vez él volvería a sentirse completamente a salvo. En tres oportunidades los pasajeros tuvieron que desocupar el bus mientras los soldados inspeccionaban la bodega del equipaje en busca de armas. En remotos puestos de control en las montañas, la policía examinó sus documentos de identificación falsos. Cada vez Fernando esperaba tenso, pero siempre lo dejaban seguir. "Siga," decían los soldados, y Fernando hacía lo mejor para no mostrarse sorprendido, o peor aún, agradecido. El recorrido hasta la casa le tomó dos días. Fernando comía en minúsculos pueblos serranos, en bancas de madera que se doblaban bajo el peso de una media docena de pasajeros con los ojos turbios. Intentaba dormir, la cabeza rebotando contra el vidrio empañado de la ventana. Regresó a Lima complacido de seguir con vida. Era un alivio tan abrumador que se sintió mareado.

La primera noche después de su regreso prometió a Maruja que nunca más abandonaría Lima. Ella lo había abrazado al momento de entrar pero se alejó casi de inmediato. Lo rehuyó, sin siquiera voltear a mirarlo. "¿Qué pasa?" preguntó Fernando.

En la cara de Maruja había unas líneas que él nunca había visto. Ella se mordió el labio. Tenía los ojos rojos. "Pensé que habías muerto," dijo Maruja.

El apartamento era estrecho. Se sentó en la mesa de la cocina mientras ella alistaba las velas y los fósforos. Escucharon los estruendos de la guerra, o alguna bomba que rasgaba el silencio, la calma. Ahora sucedía casi todas las noches. Torres de alta tensión derribadas con explosivos, el martillo y la hoz flameando por las laderas de los cerros. Lo mejor era estar preparados. Una olla con agua hervía en la estufa. Fernando hojeó el montón de periódicos de las últimas seis semanas. Ella le había guardado las primeras páginas, botando todo el resto. Le hizo un resumen: "Mientras estabas muerto," dijo Maruja, "las cosas se pusieron peor."

Ella no lo iba a perdonar tan fácilmente. Del montón de hojas esparcidas sobre la mesa, agarró una. Llevaba la fecha de una semana y media atrás y mencionaba la emboscada de la que él había escapado. Mostraban fotos del campamento, de las armas confiscadas, y de seis cuerpos sin vida acomodados en una fila impecable. Aunque tenían los rostros cubiertos, Fernando supo de quiénes se trataba. Eran sus hombres, sus amigos. Tenían nombres. Los reconoció por los zapatos que llevaban puestos.

Una hora más tarde, lo escucharon: *Boom*.

Las luces titilaron y se apagaron lentamente.

Bajo la tensa oscuridad del apartamento, a Fernando se le ocurrió que desearía tener un hijo. En ese momento lo pensó como algo completamente acertado. Tuvo vergüenza, sin embargo, de mencionárselo a Maruja, no dijo nada. Le dolía todo el cuerpo. Escucharon en la oscuridad al locutor de radio describiendo con calma las últimas noticias. El cuarto despedía un resplandor mortecino.

En algún momento hacia la medianoche, cuando ella estaba ya dormida y la vela se había consumido, él la buscó para abrazarla.

Le tomó varias semanas recuperar el valor. La ciudad le parecía extraña, y los dos días de marcha a través de la selva tenían aún el fulgor de una alucinación. Algunas mañanas se despertaba atrapado en algún sueño, lleno de insectos y pájaros zumbando alrededor suyo. Bombas. Carreras. Se sorprendía de pronto a sí mismo, mirando los zapatos de la gente por las calles. Todos los días pensaba en el hijo que deseaba. Recorría la ciudad, discutiendo en silencio consigo mismo: querer tener un hijo en una época como ésta era la cosa más insensata. Absurdo. Peligroso. A su alrededor, hombres y mujeres desaparecían, la gente moría. No era el momento para permitirse fantasías burguesas. Pero se daba permiso de imaginar la paternidad y cientos de otros placeres convencionales: una casa pequeña con jardín, un árbol de olivo, una mata de tomate, una infancia como la que él había tenido. Algunas veces Fernando se veía a sí mismo como un hombre viejo, la guerra terminada ya hacía tiempo, casi olvidada. Sus hijos ahora crecidos, sus nietos pidiéndole que les contara cuentos. ¿Qué tipo de historias les contarían él y Maruja? Historias de supervivencia, quizás: cómo nos fuimos de Lima, imaginó Fernando. Cómo escapamos de la guerra.

Un día viajaba en un bus cuando subió una mujer joven. Con un embarazo avanzado, la barriga resaltaba visiblemente. Era linda, el pelo brillante ajustado en una trenza, enlazado con el grosor de una soga. Le cedió el asiento. Ella no le dio las gracias, ni se dio cuenta de que él la observaba intensamente. El bus avanzaba dando tumbos, lleno de pasajeros, muchos más que el número permitido. Fernando mantenía la mano derecha en el bolsillo, protegiendo la billetera, y la otra mano puesta en el borde del espaldar del asiento donde estaba la mujer. ¿Qué era lo que esperaba de ella? Quería que la mujer sacara un libro con nombres de bebés, o una madeja de hilo para tejer medias diminutas. Pero ella no hizo nada. Sólo masticaba chicle. No había absolutamente nada especial en ella a excepción de su hermosa redondez. Fernando no podía dejar de mirarla. Se puso tenso. Finalmente, ella abrió la cartera, sacó un periódico y se puso a resolver un crucigrama. De pronto, alguien empezó a dar empujones de un lado a otro; era un robo dentro del bus que ahora lentamente se acercaba a la esquina. Todo el mundo se dio cuenta: una docena de pares de ojos lanzando miradas acusadoras de arriba abajo. La mujer embarazada se mantenía inmóvil, despreocupada, dándole mordiscos a la punta de su lapicero de plástico. Cuando él se bajó, la mujer se había quedado dormida, con el crucigrama a medio hacer sobre su regazo.

Esa noche, como todas, él y Maruja se sentaron a la luz de las velas y escucharon la radio. Pero él ya había escuchado suficiente: las noticias eran siempre igual de deprimentes y no les hacía bien oírlas una y otra vez. Apagó el radio. Le dijo: "Tengamos un bebé."

Se sentaron uno al lado del otro y le dieron vueltas al tema del hijo, el diciendo que sí, ella diciendo que no.

El, por supuesto, ya conocía los argumentos de Maruja. Eran los mismos que él se había hecho. Sospechaba que eran ciertos, pero a medida que ella los articulaba en voz alta sonaban terriblemente pesimistas. ¿No habían creído siempre en un futuro? ¿Habían llegado a este punto demasiado pronto? ¿Ya estaban derrotados? Sostuvo la cabeza entre las manos y lloró, Maruja acariciándole el pelo, enredando los rizos negros entre sus dedos. ¿Tenía ella que herirlo de esta forma? Ella le quitó los lentes y las puso en la mesita de noche. La cama, acomodada sobre ladrillos, crujió cuando Maruja estiró el cuerpo. Con la llama pegada a la mecha y el resplandor naranja deslizándose sobre las paredes, Fernando le habló por primera vez sobre la selva: "Caminé durante días. Solo. Escasamente podía ver el cielo, y estaba seguro de que alguien me seguía."

Maruja lo tocó, lo besó. Lo hizo recostar a su lado y le quitó la ropa. Fernando apenas si podía mantener los ojos abiertos. No se trataba de un deseo tan terrible, ¿cierto? La ciudad estaba llena de niños.

"No podemos, Nano," respondió ella. "Yo no puedo."

Maruja tenía dos hijos de su primer matrimonio, el mayor ya cerca de los quince. Fernando era bueno con sus hijos. Los llevaba a San Miguel o al cine. Los ruidos y el caos de la crianza parecían entusiasmarlo, fortalecerlo. Fernando los llevaba de paseo en el auto y ellos cantaban, gritaban y reían felices. Cuando jugaban fútbol, Fernando les hacía el pase perfecto para hacerles anotar un gol y que se sintieran bien. Eran los jugadores más jóvenes de la cancha, pero él siempre hacía que se sintieran bienvenidos, valiosos. Los escogía primero. Los hijos de Maruja vivían encantados con Fernando. Se lo hacían saber. Todo eso, pensaba Fernando, era una prueba. ¿Acaso ella no me había visto con ellos? "Sería un buen papá," dijo.

"¿Por cuánto tiempo?" preguntó ella.

III. El automóvil 1987

La llamada vino antes del amanecer, el teléfono no paraba de timbrar, y los sacó bruscamente de sus sueños. Anheló que no fuera a despertar a la bebé. Maruja no se movió. Era la voz de un hombre. Parecía saber quién era Fernando. "¿Sabes manejar?" preguntó la voz.

Fernando se vistió sin encender la luz. La camioneta encendió al segundo intento. Condujo por entre calles vacías, evitando los retenes de control, esperando no dar con ningún otro más adelante. Los cambiaban todas las noches. Tenía los documentos a mano—papeles legítimos—y una excusa, una historia lista para contar, si resultaba necesario: "Voy a recoger a mi hermano. Es médico. Mi hija menor está enferma."

Eran las cuatro y media de la mañana. Detuvo el carro en la

cuarta cuadra de la Avenida Bolivia y esperó. Se calentó las manos con su aliento. Le dolía el cuello, sentía la boca seca. Hacía frío, pero en una hora, se levantaría la oscuridad y también el toque de queda. Cerró los ojos y enterró las manos en las axilas. Unos instantes después, un hombre surgió súbitamente de las sombras, miró de arriba abajo por la avenida solitaria y subió en el carro. Murmuró un saludo y le dio una dirección que quedaba en el otro extremo de la ciudad. Con un movimiento de cabeza, arrancaron.

Esta gente, quien quiera que fuera, a Fernando siempre le habían parecido fantasmas. Compartían muchas cosas, probablemente, pero se trataba de algo de lo que no podían hablar. Había algo irreal en esta existencia, deslizándose de una casa a otra. El arte de la vida clandestina radicaba en ser invisible, en no dejar rastros. Fernando sólo observaba desde afuera estos recorridos de antes del amanecer por entre los callejones de Lima, con un parco desconocido sentado a su lado. Podía imaginar los cuartos donde se quedaban: las desnudas paredes blancas, la cama sencilla y el colchón angosto, la silla desvencijada. Le había prometido a Maruja que nunca lo haría. Ahora tenía una hija y la idea de una vida así lo ponía enfermo. Fernando agarró el timón con fuerza.

A estas horas no había semáforos, nadie le prestaba atención. La ciudad estaba cerrada y dormida. El auto avanzaba ruidosamente. El hombre se quitó el gorro de lana y se restregó la cara lentamente. Sacó un paquete de cigarrillos y le ofreció uno a Fernando. Fumaron sin decir palabra. No había nadie afuera, ni un alma. El radio del automóvil había sido robado varios meses atrás, pero Fernando nunca lo había echado tanto de menos como ahora: una canción, una voz, cualquier cosa que borrara ese silencio. Por su mente se pasaban montones de preguntas:

¿cuánto hacía que estaba en la casa vieja? ¿Conoces a Juan Carlos? ¿Dónde irás después? Pero todas eran equivocadas. No podía hacer ese tipo de preguntas. Bonito suéter, estuvo a punto de comentar Fernando, ¿dónde lo compraste? Pero la idea lo avergonzó. ¿Estaría permitido? ¿Hablar de ropa? ¿Fútbol? ¿El clima?

"Está haciendo frío," decidió comentar Fernando.

"Seguro."

Era una vida terrible. Fernando sintió temor, como si este pasajero no fuera un camarada anónimo sino la víctima de una enfermedad innombrable. Algo contagioso. Sintió repulsión. ¿Qué significaba a fin de cuentas *camarada*? ¿Quién era este tipo? Quiso que se bajara de su carro, no seguir dando vueltas. Quiso estar en la casa, al lado de su esposa y su hija, durmiendo otra vez, alejado de la miseria que el hombre arrastraba consigo.

No habían hablado durante varias cuadras hasta que el hombre dijo, "Ah, conozco esta calle." Le pidió a Fernando que se detuviera en la esquina.

"Este no es el sitio."

"Sólo un segundo." El hombre volteó a mirarlo. "Por favor."

Fernando redujo la velocidad.

"Aquí," dijo el hombre y bajó la ventana. El aire estaba frío y húmedo.

"¿Qué es lo que buscas?" preguntó Fernando.

El hombre señaló una construcción nada especial al otro lado de la calle. Tenía una verja alta y oxidada, el tipo de casa que un ladrón miraría con desprecio. Las cortinas estaban cerradas. No había luces encendidas. "¿Alguien que conoces?" preguntó Fernando.

"Sí."

Estuvieron así durante un rato. El hombre divagaba, estaba soñando. Fernando podía darse cuenta: la expresión desesperada de un hombre enfrentando a una vida que ya se le había ido. "¿Quieres bajar?" propuso Fernando.

"No mucho."

"Entonces deberíamos seguir," dijo Fernando. El hechizo se había roto.

El hombre sacudió la cabeza. "Así es, compadre," dijo. "Tenemos que irnos." Lanzó un suspiro y sacó otro cigarrillo. No le ofreció uno a Fernando. "Ahí conocí a una muchacha. Una vez."

"¿Cuando fue la última vez que la viste?"

"Cuando murió."

Arrancaron. El hombre había dejado la ventana abierta. Fernando no se quejó del frío. Presionó el pedal y el motor rugió. Pronto sería de día.

IV. Madre 1984

Esta fue la época en que su madre se estaba muriendo. En realidad, ella había dejado de vivir desde hacía varios años, desde cuando se le murió el esposo. Fernando acababa de salir de la universidad. Los hijos se habían apiñado todos en Lima, y, después de tres días de beber y contarse historias, le perdonaron todo al viejo. La madre de Fernando se mantenía sentada aparte, aceptando y rechazando alternativamente las muestras de afecto de sus hijos. Ella, por supuesto, ya había dado su perdón, pero esa muerte había sido la última traición del viejo. Se fue a vivir a la casa de su hija, donde le acondicionaron un pequeño cuarto. Tenía una ventana que daba hacia una calle tranquila y una terraza donde ella se sentaba si no hacía demasiado frío. Pero ella lo extrañaba. Le confesaría a Fernando que ella no podía recordar cómo había sido su vida antes de conocer a su padre. El dolor había sacado a la luz todas sus debilidades y le mostraba la verdadera naturaleza de su coraje: el azar emparejado con la fe. Entonces su madre empezó a soñar. Perdió la fe.

"Voy a morir pronto," le había dicho a su hijo, pero habían pasado así casi siete años y aún seguía viva. Empezaría a olvidar.

Por las tardes, totalmente ensimismada, se sentaba a tomar la sopa, sosteniendo el plato en el regazo y con una servilleta acomodada sobre sus piernas delgadas. Sonreía y contestaba los saludos con un movimiento de cabeza cuando Fernando iba de visita los domingos, pero era una sonrisa más de cortesía que de cariño. A veces, sentía que los ojos de toda la familia la vigilaban y deseaba poder desaparecer. Otros días, los hijos de su hija jugaban en su cuarto y le contaban chistes que la hacían reír. Tenía que sonreír para corresponder a esa disposición tan amistosa, aun cuando se preguntaba quiénes serían esos niños.

Fernando no dejaba de ir, aunque ahora eran visitas breves. Podía arreglárselas para beber un trago con su cuñado, pero nunca dos, y trataba de buscar discretamente la hora en su reloj por encima del borde del vaso al levantarlo.

No había casi ningún instante libre para tener vida social. Fernando se sentía frágil. A menudo se levantaba aturdido, adolorido, incapaz de moverse, como si el sueño, después de haber dejado que su mente se moviera libre, se negara celosamente a soltar su cuerpo. Mantenía cerrados los ojos con fuerza, tratando de eliminar los dolores que asolaban su cuerpo. Incapaz de dormir, incapaz de despertarse, permanecía inmóvil en la cama. Maruja estaba preocupada. El no permitiría que nadie lo viera en ese estado a excepción de ella. Maruja envolvía hielo en una camiseta vieja y se lo aplicaba con presión sobre la frente. Para media mañana, la fiebre había bajado y Fernando se podía levantar, despacio. Una vez de pie, no podía dejar de moverse hasta bien entrada la noche, cuando, después de haberles dicho a los otros que no había tiempo para descansar y que el momento de actuar era ahora mismo, se echaba en la cama para dormir, inquieto y angustiado. La guerra venía matándolo desde hace tiempo, mucho antes de su propia muerte.

Este ya no era el hombre que su madre hubiera recordado, si es que por entre su borrosa memoria algo le inspirara un momento de lucidez. Si ella hubiese podido recordar a Fernando, lo hubiera descrito como un hombre joven que de inmediato hacía sentir cómodos a los desconocidos.

"Fue Boy Scout en Arequipa, y monaguillo en la pequeña iglesia de la Plaza San Antonio en Miraflores. Vivíamos en una casita en Tarapacá y todo los domingos caminábamos hasta la iglesia." Sus camaradas lo llamaban Negro, pero para su familia él era Nano, el hijo menor, el que más angustias y confusión le causó a ella. Había estudiado en el colegio Independencia, como sus hermanos mayores, y años más tarde aún podía cantar con orgullo el himno de su alma mater, combatiendo el sueño con ese estribillo mientras luchaba por mantenerse despierto en el recorrido de dieciocho horas desde Lima. Le había confesado a su madre que era una melodía imposible de olvidar: *En sus aulas se forjaron grandes hombres* . . . Había ido a Lima para estudiar ingeniería, abrigando muy pocas esperanzas de ser aceptado en la universidad. Sus hermanos mayores y su hermana lo había precedido: Óscar para el ejército; Elías, para estudiar contabilidad; Mateo, para entrar a la policía nacional; Enrique, para estudiar medicina; Inés, para estudiar farmacología. Su madre hubiera recordado haber visto a Fernando subirse al bus en la estación, la maletita que llevaba, la sonrisa despreocupada. Había llegado temprano a la estación, los primeros matices púrpura en el este, anunciando la llegada de la mañana; el padre Alfredo, un cura amigo de la familia, había venido a despedirlo, a desearle suerte. Su madre hubiera recordado lo triste que se sentía de ver partir a su hijo menor, y también que se había preguntado cómo iría a ocupar su día de ahora en adelante, ya que no tenía que esperar a que Nano llegara a la casa.

Durante ese primer año en la ciudad, Fernando escribía cartas a su casa por lo menos una vez a la semana. No había aceptado ir a vivir con su hermano o con su hermana, decidido a establecerse por su cuenta. Claro que le enviaban plata desde Arequipa, lo que reconocía agradecido en sus cartas. Su correspondencia llegaba cargada del asombro de un joven viviendo solo, con efusivas descripciones de la casa de huéspedes en Barrios Altos, de ese barrio lleno de gente y de una vida callejera desbordante. Panegíricos de Lima y de las oportunidades que parecía prometer. Estas eran cartas que a Fernando le hubiera avergonzado leer después, pero en ese tiempo su madre las guardaba como algo sagrado. Claro que los dos ya las habían olvidado y quizás así fuera mejor.

Ella tal vez recordaría a sus amigos de la infancia, ese grupo de muchachos traviesos y sagaces, la mayoría de los cuales tomaría eventualmente el rumbo a Lima. Si Fernando hubiera llevado alguna vez a José Carlos a visitar a su madre, probablemente le hubiera refrescado algo la memoria; una imagen, un atisbo. Los dos eran inseparables. Una vez, cuando no tendrían más de ocho años, ella los encontró discutiendo con gran seriedad sobre la creación de un superhéroe que sería una combinación de los dos, una especie de amalgama de sus virtudes únicas. Ella se había quedado en la puerta, escuchando, riéndose sola. Después de haber evaluado con humildad sus distintas virtudes, los dos niños habían dejado para el final el asunto más controvertido: un nombre para su paladín.

Todo esto había sido olvidado, junto con muchos otros detalles, momentos, palabras; ella nunca se fijó demasiado en sus ideas políticas, y evitaba pasar por su cuarto cada vez que estallaba alguna acalorada discusión entre padre e hijo. El muchacho tenía opiniones acerca de todo. Ella no quiso darse cuenta cuando las cartas tomaron un tono diferente: la nueva obsesión de su hijo era Lima y su pobreza. Había escrito una nota larga describiendo las tribulaciones de un vendedor de periódico indigente, un hombre acabado que afirmaba llevar los exiguos ahorros de toda su vida en una cartera colgada alrededor del cuello. Había perdido a toda su familia en un derrumbe de tierra, escribía Fernando, pero el hombre aguantó. Había caminado hasta Lima. Nadie se acercó a ayudarlo. Fernando encontraba esa historia espantosa, o eso era lo que decía su carta.

Su madre también la encontraba horrorosa. "¡Aquí también hay pobres!" exclamaba, mientras su esposo leía la carta en voz alta. Sentía entonces lástima por Fernando: era un muchacho tan sensible, que dejaba que los problemas de los demás lo afectaran tanto.

Ahora ella se estaba muriendo. Inés lo llamó un domingo para hacérselo saber. Ella era ocho años mayor que Fernando y le gustaba que eso quedara claro. Desde hacía varias semanas él había prometido que los visitaría, tenía la intención de hacerlo. "De verdad," dijo.

"Tú no te acuerdas de nosotros. Ya no te acercas por aquí, Nano. Mientras que tu propia mamá . . ."

Fernando le cortó. Era un domingo, temprano. En tiempos mejores, probablemente hubiera ido esa misma tarde y hubiera llevado a los hijos de Inés a jugar fútbol al parque, también hubiera cargado la camioneta con los hijos de Maruja y hubieran pasado todo el día juntos. A través de la ventana del cuarto, podía ver el sol asomándose por entre la neblina. Maruja estaba sentada al borde de la cama, el pelo húmedo, poniéndose un par de jeans y un suéter. Fue la última vez que habló con su hermana en más de un año. Recordaría la conversación claramente; Inés estaba agitada, dominada por olas de sentimentalismo que podían brotar de un momento a otro: alguna referencia a Arequipa, una canción, alguna vieja fotografía sacudiéndole el corazón detrás del vidrio de un portarretratos sucio. Pero su mamá . . . nada ni nadie era más importante o especial que su mamá, la que la había criado y guiado. "Fernando, nosotros se lo debemos todo."

"Inés, Inésita. Cálmate . . ."

Ahora la cabeza le dolía de una manera distinta cada mañana. Algunas veces el mareo era más fuerte que el martilleo, en otras, su cuerpo se estremecía con tanta fuerza que se preguntaba si los otros no se darían cuenta de que se estaba desmoronando. Pero frente a Inés, él estaba entero, sereno. Hablaba calmadamente, pero sin vacilar.

"Nuestra mamá lo tiene todo. Tiene una casa donde dormir. Tiene comida. Tiene una familia que la cuida. ¿Qué pasa con otras mamás? ¿Las que no tienen nada? ¿Quién va a visitarlas?"

"Los hijos."

"Los hijos están ocupados," contestó. "Están limpiando tu casa."

"Vete al diablo, Nano. Yo no necesito tus sermones."

"Hoy no puedo ir."

"Eres cruel." Su hermana colgó el teléfono con suavidad.

V. Padre 1966

Fernando ocupó el primer puesto en el examen nacional. Fue admitido en la universidad. Sucedió de una manera tan repentina, la buena noticia fue tan inesperada, que sus padres viajaron hasta Lima para felicitarlo. Se encontraron en la casa de Elías, la familia se reunió para brindar por Fernando, el hijo menor. Se había rapado el revuelto pelo negro. El corte lo hacía ver más joven de lo que era, diecisiete, pero esa era la tradición. En todo Lima, en los buses y en la calle, uno podía ver a estos jóvenes rapados que acababan de ser aceptados en la universidad. En la fiesta familiar, todos se burlaron de su cabeza calva. Las fotos muestran a Fernando sonriendo feliz, los brazos colgando encima de los hombros de sus hermanos, las manos grandes de Mateo curvadas sobre el cuero cabelludo y la frente de su hermano menor. Todo el mundo sonreía en la fotografía, incluso Enrique detrás de las lunas oscuras de las gafas, y Elías, el mayor, cuya sonrisa era una réplica de la de su padre.

Fernando hizo un brindis, por todos los retos futuros, por la profesión que había escogido, ingeniería, y por toda la gente sin hogar a quienes él planeaba construirles casas. Hubo algunas risitas alrededor, pero no de Fernando. El pronunciaba cada una de sus palabras con total seriedad.

Su padre, Don José, quizás el que mejor conocía a su hijo, tampoco rió. Fernando, el que discutía pero que también escuchaba. Fernando, el que amenazó a la familia con el fracaso sólo para recordarles que él era independiente. Fernando, quien a la edad de cuatro años, chiquito y callado, se rehusaba a probar un solo bocado más . . . ni por su mamá, ni por su hermana ni tampoco por su hermano. "¿Por quién quieres comer, Nano?" "Por Guminga," decía enfáticamente. "Por Gu-min-ga." Dominga, la criada. Incluso desde esa edad Fernando ya estaba del lado del pueblo, pensó Don José. Dominga era una niña cuando llegó por primera vez a la casa, con no más de dieciocho años, para hacerse cargo de toda la casa, cocinando, limpiando, y cuidando a Fernando. Era la primera criada que había podido tener la familia. Dominga dormía en un cuarto pequeño, al lado de la cocina. Había cocido una cortina con retazos de tela y la había colgado de una vara por encima del marco de la puerta. Si la luz de una vela se aproximaba por el corredor en la mitad de la noche, se sentaba en la cama, mirando atenta hacia la cocina para ver si la necesitaban. Era de Puno, de la tierra fría del altiplano, donde volvía cada mes de agosto, durante sus dos semanas de descanso. Se agarraba el pelo en dos trenzas iguales que se estiraban por el centro de su espalda. No era linda, ni siquiera atractiva, tenía un rostro ovalado y unos ojos negros oscuros. Aún así, la simplicidad de sus deseos le imprimían un aire de satisfacción que los demás se pasaban la vida buscando. Una cama, un techo, algo de dinero para mandar a su casa; eso era todo, y cuando ella cargaba a Fernando en los brazos, parecía transformarse completamente y ya no había nada ordinario en su vida pues a ella la necesitaban. Don José la había observado y se había sorprendido: el niño podía hacerle sentir eso a ella, con su penetrante mirada, con la convicción de que ella permanecería a su lado, cerca, antes de que él se quedara dormido. Incluso ese día ella le había enviado un frasco de mermelada envuelto en papel periódico, un regalo, había dicho ella, para el joven ingeniero.

Todavía se acordaba de él. "El niño Nano," le había dicho a Don José. "Déle un beso de mi parte."

Don José, al ver a su hijo brindar por las casas que construiría para los pobres del Perú; al verlo temblar de emoción ante el calor familiar que lo rodeaba, comprendió que el corazón de Fernando era idéntico al suyo: nostálgico pero combativo, considerado pero suspicaz, capaz de atar ideas maravillosas con los intrincados nudos de su ansiedad personal. Esa era la forma como los hombres empezaban a cargar el mundo, la manera como lo convertían en su responsabilidad, no a través de sus mentes sino de sus corazones. Y a pesar de compartir muchas cosas, las diferencias entre Don José y su hijo eran igualmente sorprendentes y también tenían que ver con el corazón. Esa era otra verdad que Don José había descubierto y, a diferencia de los demás, no atribuía esas diferencias a algo tan simple como la juventud.

Don José, de joven, había sido comunista. Fue una decisión fácil y cómoda. Sus hermanos y hermanas habían tomado todos los consabidos senderos que les brindaba el mundo de la provincia. Ricardo y Jaime trabajaban en el campo y pasaban los días con la espalda doblada sobre tierras que no les pertenecían. Luis trabajaba en una tienda de cuero, elaborando monturas y cinturones, maletas y balones de fútbol. Para cuando Fernando entró al bachillerato, su tío Luis estaba ya casi ciego. Las hermanas de Don José no habían estudiado más allá de quinto de primaria. Se habían casado jóvenes, convirtiéndose en la clase de mujeres que cuidaban las casas de sus maridos sin quejarse o angustiarse. Iban al mercado todos los días a comprar lo de la comida y pasaban por la plaza para que les leyeran las cartas. La vida era trabajo. La vida se gastaba viviéndola. Don José leía libros, estudiaba, se hizo maestro de escuela y llegó a ser incluso director de un colegio secundario. Se enamoró, se casó, y se extravió. Mateo, el medio hermano de Fernando, vino a vivir con su familia cuando tuvo cinco años. Convertido ahora en ese caballero que siempre imaginó poder ser, Don José se sintió defraudado consigo mismo, por su falta de motivación y deseo. Fernando llevaba dentro las cualidades que las maquinaciones del tiempo le habían arrebatado a su padre.

Uno debe intentar comprender lo que significa nacer al pie de un volcán. Arequipa más que una ciudad es un templo viviente erigido para el Misti, esa imponente masa de tierra y rocas que se levanta detrás de la catedral. Los hombres invocan su nombre para describir lo que es correcto. ¿Qué otra cosa le impone un volcán a un hombre si no la necesidad de soñar a gran escala?

En 1950, cuando Fernando tenía dos años, el Independencia entró en huelga. Los alumnos cerraron las puertas del colegio, y se encerraron dentro para protestar por el aumento en el costo de las matrículas. Seguirían tres días de tensión, con escaramuzas alrededor de las rejas y con los estudiantes arrastrando piedras del patio para lanzarlas a la policía. El gobierno envió al ejército, un estudiante murió. La ciudad entera se lanzó a las calles. Todos los hombres en Arequipa sabían que si las campanas de la catedral empezaban a repicar, era hora de reunirse en la Plaza de Armas. Las estrechas calles de la ciudad se llenaron de habitantes furiosos, campesinos, rancheros, vendedores, estudiantes. En Arequipa, uno tenía el derecho de sentir rabia. Uno tenía el derecho a exigir algo mejor: ¿no era el volcán una prueba de que ellos estaban destinados para algo mucho mejor? Y la gente escuchaba atenta: una vez que Arequipa inició la revuelta, otros pueblos y ciudades a lo largo y ancho de Perú se sumaron a la huelga. Vino la crisis y el poder cambió de manos. El escenario cambió. Así fuera por un día, una semana, un mes, aquellos en el poder se vieron forzados a escuchar a la gente. Así era como se hacían las cosas. Esa era la tradición.

La fiesta alcanzó su punto culminante. Alguien desempolvó una guitarra y Mateo amenazó con ponerse a cantar. Acababa de regresar de un viaje al norte, bronceado y feliz, contando anécdotas divertidas sobre las muchachas ecuatorianas y las noches en la playa. Enrique bailaba con Inés, burlándose de su hermana por su falta de ritmo. Don José sintió una efusión en el pecho, la reconfortante sensación de que todo iba a salir bien; que su tarea, si es que algo así existía, estaba casi completa. No era viejo, no todavía, pero ¡vean lo que había conseguido! Sus hijos lo acompañaron durante diferentes etapas de esa alegría ebria, y todos se parecían a la gente que a él le gustaba, de haberse cruzado con ellos como extraños en la plataforma de la estación de un tren o en un café en Europa. Los había educado bien, o había sido su esposa, o tal vez lo habían hecho los dos juntos . . . pero aún así, ¡no los había echado a perder! Don José sintió ganas de llorar: sus hijos eran la clase de gente que podría hacer algo por este país, que podría remediar todo este lío que habían heredado. Quiso acariciarles la cara, lucirlos ante el mundo. ¿Eran de verdad?

Alguien propuso un brindis. El salón tenía la intermitente calidez de una película muda, pero de repente Don José empezó a hablar, las palabras, sospechó, brotando sin ninguna poesía, sin ninguna gracia. Se vio obligado a admitir que había perdido la cuenta de los tragos. Todos sus seres queridos rieron con él. Fernando estaba al lado de su madre, las manos entrelazadas con fuerza. Ella lo había extrañado mucho durante ese año. Era terrible verla así, pensó Don José. Tener a su hijo tan lejos no le producía ningún placer: ella no podía apreciar el espectáculo de la misma forma que Don José. Para él, sus hijos y su crecimiento tenían el poder de una revelación. Ahora, el menor de todos casi todo un hombre, y mírenla a ella: agarrándole la mano como a un niño, y Nano, el del corazón generoso, permitiéndole hacerlo.

Era un muchacho hermoso.

Cuando terminó, Don José encontró un sitio en el sofá, una posición cómoda desde donde podía observar más a toda su familia. Pasó otra hora y el trago se terminó. Inés se excusó, soltando una risita. "No estaba preparada para estos bárbaros."

Mateo consoló a Fernando, que tenía la cara colorada, gritándole al oído como si estuviera sordo, "¿Se acabó el trago? No importa, Nano, ¡beberemos vinagre!"

Para sorpresa de Don José, su esposa se le unió después de un rato. Le trajo café y se sentó a su lado, las piernas rozándose por primera vez desde hacía muchos meses. Le tomó la mano y se la llevó a los labios. Ella se sonrojó. Alguien estaba cantando—fuera de nota y de tono—pero ¿importaba? Don José besó suavemente la mano de su esposa.

VI. El cementerio de Pinochet 1973

En diciembre de 1973, José Carlos llegó de Santiago de Chile, flaco, en la ruina, con un temblor incontrolable en las manos. Tartamudeaba al hablar y caía en prolongados silencios, la mirada perdida en la distancia, la ceniza del cigarrillo posándose en su regazo.

"Me mataron, Negro, me mataron," decía, con la voz temblorosa. Fernando lo recibió en el aeropuerto; José Carlos se había subido tambaleante al último vuelo que despegó de Santiago con ciudadanos peruanos. Los demás se quedaron para morir.

"¿Dónde los tenían?"

"En el cementerio de Pinochet, en el estadio. No teníamos nada con qué defendernos."

La historia se fue desglosando poco a poco, durante varias noches. José Carlos se veía más menudo y débil de lo que Fernando recordaba. Todos sus movimientos eran vacilantes: cuando se frotaba las sienes con los dedos, o marcaba con el pie un ritmo desigual. Había estado cinco años en la Universidad de Chile. José Carlos había sido expulsado sin recibir ningún documento, sin ningún título, sin nada.

"¿José Carlos, qué fue lo que te hicieron?"

"Me mataron. Nos metieron en el estadio. Eramos miles. Me encerraron en uno de los camarines debajo de las tribunas con otros doscientos más, casi todos estudiantes. Comunistas. Mantenían las luces encendidas, luces fluorescentes, nos ardían los ojos. Dormíamos en grupos, tomábamos turnos para estar de pie. Doce horas por turno, parado al lado de gente que nunca había visto antes y con otros a los que conocía desde hacía tiempo. Resultaba imposible dormir. De vez en cuando, escuchábamos disparos afuera. Arrastraban afuera gente gritando, gente que nunca regresaba. A mí también me arrastraron. Estaba enfurecido. Vas a morir, pedazo de mierda. Comunista. Me escupieron. Perro peruano, ¡vas a morir hoy en Chile! Les grité que se fueran a la mierda. Eran tipos jóvenes, los soldados, unos niños apenas, pero no tenían misericordia. No me miraban a los ojos. Recuerdo a uno de los oficiales: el hombre se mantenía en silencio, siempre detrás. Tenía las manos inmensas. Finalmente, el oficial gritó, "Amárrenlo," y me amarraron. Me amarraron con las manos atrás y me vendaron los ojos. Les escupí. Di tus últimas palabras, comunista. Váyanse a la puta mierda, les grité, estoy listo."

José Carlos tumbó el cenicero con un torpe giro del brazo;

temblaba violentamente. Fernando se apresuró a barrer la ceniza con las manos.

"¡Me pegaron un tiro, Nano! ¡Me mataron!" Juan Carlos lanzó con violencia la mano sobre la mesa, dando una ruidosa palmada. "Eran salvas, Nano. ¡Me disparaban con salvas! ¡Jugaban a matarme!"

"Después me arrastraron de regreso al camarín. Pude oler mi propia orina y mi mierda. Mis compañeros me sostuvieron. Alguien me echó agua en la cara. Estás vivo, decían, pero yo no les creía. No me habían pegado ningún tiro, repetían, pero yo sabía que lo había sentido. Pasé tres días muerto, Fernando, tres días . . ."

La voz de José Carlos era débil y ronca. "Eso es lo que te van a hacer."

"¿Qué hacemos, Perucho?" Fernando le agarró las manos y le dio un apretón. "Estás en la casa. Estás vivo."

José Carlos sacudió la cabeza, y tosiendo fuertemente, apagó el cigarrillo. "Es muy sencillo, Negro. El que tiene las armas es el que siempre gana."

VII. Hacia Lima 1965

Ahí estaba el bus que llevaría a Fernando hacia Lima. Se trataba de ese tipo de artilugio que se sostiene por puro ingenio, armado con partes de chatarra por el experimentado arte de hacer lo que se pueda. Aprender hasta dónde puede aguantar el motor y olvidarse de sus sentimientos, sus deseos, sus caprichos.

Las reparaciones eran cirugías despiadadas hechas por conveniencia, y el bus entonces se volvía más aguantador, indiferente, funcionando a base de rencor y disgusto, cruzando los pasos andinos, resollando y maldiciendo al carguero de proa ancha que lo trajo desde Alemania, Estados Unidos o Suecia. Al rato los asientos se veían rajados y cubiertos de polvo, las ventanas crujían con cada bache, con cada desnivel, con cada paso de piedras desiguales. Los pasajeros iban ahí, intentando robarle un sueñito a ese embate de metal, vidrio y nauseabundo olor a diesel.

Así fue como llegó Fernando a Lima a los diecisiete años: llevaba puesto un suéter café encima de una modesta camisa de cuello, pantalones azules y zapatos negros con el tacón ligeramente gastado. Montado en ese bus, sentado en la parte de atrás con otros seis más, una colección dispar de almas en uno u otro de los distintos trámites de la vida: para ir a comprar, vender, visitar, casarse, encontrar, y más de unos cuantos, para olvidar.

Alguna gente joven se subió al bus hacia el final de la noche, dejando atrás pueblos arruinados y miserables con casas de adobe y helados campos de papas o maíz. Cargaban con una muda de ropa, alguna fotografía, algo de comida, una peinilla de plástico, una carta de recomendación, una bolsa con hojas de coca, o un crucifijo. Dejaban sus bultos en el pasadizo y permanecían ahí por doce horas, hasta cuando el sol estaba alto e hirviente, el bus sofocante y pesado, siempre inmóviles, con perlas de sudor formándose sobre sus labios y sienes. Fernando los observaba. Eran sus contemporáneos. Sus paisanos. Los veía sacar de los bolsillos algunos soles, regatear con el conductor del bus, sacudir la cabeza, y señalar con los dedos. Tenían la piel curtida por el sol y el viento. Algunos hablaban sólo quechua y otros no parecían poder hablar del todo.

En algún momento de la tarde el conductor perdió el control del bus. En menos de un segundo aterrador, las llantas patinaron sobre el cascajo, la carretera deslizándose bajo ellos. Después de un intrincado giro, el bus se golpeó con violencia contra la valla de protección, viró de nuevo hacia el costado de la montaña, y se detuvo, medio ladeado, balanceándose sobre la tierra quebradiza y pedregosa al borde de la carretera. A su derecha, un poco más allá de la valla, se veía un abismo irregular y más abajo un valle. La gente se reacomodó lentamente. Algunas maletas y cobijas habían quedado esparcidas alrededor. Fernando se dio cuenta de que había quedado encima de otros tres pasajeros. Piernas y brazos volvían a sus lugares. Las mamás atendían a los niños que lloraban. Alguien le pasó a Fernando las gafas y le preguntó si se encontraba bien. Todo el mundo parecía estar relativamente en buenas condiciones, aunque un poco temblorosos, a excepción del conductor, quien había llevado la peor parte, tal vez porque había visto ese tenebroso flash azul cruzar por su ventana cuando el bus se asomaba al borde del abismo. Sabía mejor que nadie lo cerca que habían estado. La potencia del impacto lo había expulsado del asiento, pero consiguió subir de nuevo a su puesto, soltó el seguro para abrir la puerta, y permaneció sentado sin moverse, agarrando con fuerza el timón, meciendo la cabeza hacia atrás y adelante, los ojos vidriosos, reviviendo el accidente. Varios pasajeros se acercaron para ver cómo se encontraba, para darle palmaditas en el hombro, para urgirlo a salir, pero no les hizo caso.

Los hombres, con Fernando dispuesto de inmediato a ayudarlos, se organizaron para enderezar el bus. Se ladeaba precariamente contra la pared rocosa de la carretera, las llantas del costado derecho a metro y medio del piso. La carga amarrada al portaequipajes sobre el techo del bus se había desparramado. Cubría ahora parte de las ventanas del lado derecho. La lona que cubría la carga aún mantenía sujetas las maletas, los bultos y las cajas, pero colgaba peligrosamente por encima del ómnibus.

Fernando se aproximó al borde por donde el bus casi salió volando y observó el valle abajo. Era una vista impresionante, un magnífico paisaje andino, una funda gris de roca plateada, un cielo azul metálico, y al borde de las lomas, los senderos por donde transitaban hombres y animales. Quizás hasta los propios mensajeros de los Incas habrán recorrido esos mismos caminos antes de la llegada de los españoles, antes de que Atahualpa estrellara contra el piso la Biblia de Pizarro, antes de que empezara la matanza. Había una soledad espectacular en las montañas, en ese inmenso escenario de viento y cielo, montañas y agua, y estaba todo tan callado que Fernando sentía temor de hablar y romper ese silencio. Tal vez lo imaginaba, o se lo imponía a sí mismo, o tal vez adoptaba la misma callada rigidez de sus compañeros de viaje, quienes más que hablar movían la cabeza y gesticulaban. Fernando deseó haber conocido su lengua.

Entonces el conductor, aún tembloroso, salió a la fulminante luz del sol, señalando frenéticamente hacia el compartimiento del equipaje en la parte inferior del bus. Pudieron escuchar los golpes, los arañazos contra el metal, un ruido que antes se había perdido en el rugir del viento. Los hombres se lanzaron a la acción y en un instante la puerta se abrió: debajo de las maletas y las cajas apareció un hombre. Había estado durmiendo debajo del bus, después de haber conducido toda la noche, esperando a reemplazar al otro conductor cuando llegaran al siguiente pueblo. Lo sacaron, zarandeando las piernas, agitando los brazos, un hombre vuelto a nacer, después de haber experimentado la muerte en la oscuridad.

"Hermano," dijo el conductor, abalanzándose sobre el otro, "¡Mi hermano!"

Fernando pudo oír la respiración del hombre, inhalando todo el oxígeno que podía, reponiéndose. El hombre lloraba y estaba aterrado. "Ay Dios mío, ay Dios mío, ay Dios mío," murmuraba. Un pequeño hilo de sangre le caía del labio superior. Los dos hermanos se abrazaron y Fernando se enamoró de su patria.

VIII. Carmen 1986

Su madre murió. Lima acogió su tristeza y le ofreció un mes completo de días nublados. En el funeral, Fernando le tomó la mano a Inés. La guerra había empeorado. Parecía ser que la ciudad podía caer en cualquier momento. En Lima, la gente intentaba seguir con sus vidas como si nada ocurriera, pero ya nadie dormía cerca de las ventanas. En cualquier momento podía estallar una bomba. Los hombres se apresuraban a llegar a la casa para adelantarse al toque de queda. La gente joven lo usaba como excusa para quedarse por fuera toda la noche. Las fiestas solían terminar en auténticas bacanales.

Dieciséis periodistas habían sido asesinados en un pueblo perdido en las montañas. Los campesinos los habían confundido con colaboradores. Las noticias arribaron lentamente a Lima sólo diez días más tarde. En San Martín, un grupo de guerrilleros había capturado un pueblo y agitaba los fusiles en el aire. Los líderes guerrilleros, ebrios de victoria, se soltaban los pasamontañas y anunciaban por televisión que la victoria estaba cerca. Una nación conmocionada observaba con atención a sus verdugos. Los periódicos los llamaban terroristas. En Lima, a Fernando lo acosaba la angustia. De un momento a otro estallaría una reacción violenta.

El 13 de julio de 1986 nació Carmen en el tercer piso de un hospital público en el centro de Lima.

Con Carmen, Fernando y Maruja por fin se sintieron vivos. Era como si durante todo ese tiempo hubieran estado aletargados. El nunca había visto nada más hermoso que Maruja cuando dio a luz a su hija esa mañana, y cuando Carmen durmió por primera vez en su pecho, se sintió completo. Mas, cuando la tenía cargada, se dio cuenta que él mismo le había puesto un reto a su vida: que la guerra no le concediera tiempo suficiente para verla crecer. Aún en el hospital, le confió a Maruja que sentía miedo. Maruja le contestó que ella siempre lo había sentido.

Carmen había sido un accidente. Maruja nunca se había convencido del todo, no hasta el momento en que sostuvo a la niña y descubrió que podía volver a sentir tanto amor. Le confesó a Fernando que jamás esperaba volver a sentir ese tipo de amor dentro de ella. Fernando recuperó la salud y llevaba a Carmencita con él a todas partes. Gozaba cambiándole los pañales. Viajaba en el bus con su hija dormida en el regazo. En las reuniones, mientras sus camaradas agitaban las manos y discutían frenéticamente, Fernando mecía a la niña y le susurraba cancioncitas al oído, para que no se asustara con el volumen de las voces.

Un día, Maruja llegó con un mapamundi y lo clavaron en la pared del cuarto. Esa noche, una vez que la bebé se quedó dormida, se tomaron de la mano, maravillados ante el tamaño del mundo. Los reconfortaba descubrir lo insignificante que resultaba su guerra y suponer que habría lugares donde sus luchas no serían noticia.

Pero en público, no mostraban ninguna señal de retirada. Maruja se mantenía en el sindicato. Fernando viajaba al interior y volvía, en recorridos relámpagos para visitar universidades en Piura y mítines de sindicatos en Huancavelica, de regreso en el bus de la medianoche para ver a su hija en la cuna. Su promesa—la de nunca abandonar Lima—no se mencionaba.

Un día se llevó a Carmen con él, cuando lo llamaron para que fuera a la casa de un sindicalista asesinado en San Juan de Lurigancho y presentara las condolencias en representación del Partido. Era de día y supuso que estaría seguro, pero odió su trabajo. El hombre vivía en ese rincón de la ciudad construido sobre el polvo. El bus dejó a Fernando frente a un puesto de periódicos. Era un día caluroso, inexplicablemente despejado. Niños con ropa andrajosa observaban pasar a Fernando, mientras la bebé dormía contra su pecho, sin reparar en nada. El ya había estado aquí, en esta misma casa, tiempo atrás, al final de la noche. Fernando se había encontrado con el hombre asesinado, pero no le vino a la mente ninguna imagen: ni la sonrisa a todo diente, ni el pelo medio canoso, ni las cejas pobladas, como tampoco la cara rajada con arrugas. Se sintió inquieto. Estaba a punto de encontrarse con la viuda y la perspectiva de su tristeza lo asustaba. Caminó hacia la casa, con la certeza de que sus pies recordarían el camino. Su hija bostezó. Abrió la boca diminuta, parpadeó y volvió a dormirse. Fue sólo un instante. El pelo se le había caído pocas semanas después del nacimiento: un pelo fino, café rojizo, y liso como el de su madre. Fernando la mantuvo bajo su sombra para que el sol no la despertara.

Caminaba a lo largo de una calle polvorienta a unas cuadras del paradero del bus cuando un muchacho se le acercó mirándolo fijamente. Había salido de repente de la puerta de una tienda bajo la sombra, como si hubiera estado esperando. "Oiga, señor," preguntó, "¿usted es el hombre que viene de la ciudad?"

Pronunció ciudad como si se hallara a mucha distancia. Fernando negó con la cabeza y siguió adelante.

Pero el muchacho insistió. Tenía una voz muy gruesa para su tamaño, o tal vez era bajito para su edad. "Ella lo está esperando, la señora Aronés."

"¿La viuda?"

"Mi mamá," contestó el muchacho secamente. Se protegió del sol con la mano. "Ella dijo que usted vendría."

Fernando siguió al muchacho. "¿Cómo está ella?" preguntó.

"La casa está aquí no más."

"¿Hay algo que pueda hacer?"

El muchacho hizo una mueca. "¿Usted era amigo de él?"

"Trabajábamos juntos."

"No soy tonto, señor." Se frotó los ojos. "Usted hizo que lo mataran."

Fernando se quedó inmóvil, pasmado. El muchacho no se calmó. Apretaba la mandíbula con fuerza. Me odia, pensó Fernando, y la idea lo sacudió. "No es lo que te imaginas, mijo."

Pero el muchacho no contestó. Alguien en la casa reconoció a Fernando y lo llamaba, "Negro . . ."

"Mi mamá está allá," dijo el muchacho sombríamente y se alejó.

La casa estaba llena de gente en duelo. Fernando se abrió paso hasta adentro, estrechando en el camino la mano de algunos hombres que lo reconocieron. Nadie aquí parecía considerarlo culpable. Pero aún así se sintió paralizado. ¿Podría sentir Camucha su corazón palpitando frenéticamente? Adentro había más gente congregada, apretada en un círculo alrededor de la viuda. Fernando se sentó en el piso de tierra. Ella le agradeció que viniera sin ni siquiera levantar los ojos para mirarlo. Cuando finalmente lo hizo saludó con un leve movimiento de cabeza. "Usted ya ha estado aquí antes."

"Su esposo era un buen amigo."

Ella le dio las gracias. Alguien le llevó un vaso de gaseosa y bebió cortésmente. El estaba ahí para verla llorar. Se encontraba ahí para demostrarle que no se habían olvidado de ella.

"¿La puedo cargar?" le preguntó la mujer después de un rato. Se refería a Camucha. El rostro de la viuda estaba congestionado y enrojecido. Fernando miró alrededor de la casa vacía, todas sus posesiones cabrían en un baúl. Y ahora ella lo había perdido todo. Estaba marcado ahí en su rostro para que cualquiera pudiera verlo. Su hijo nunca se recuperaría. Fernando le pasó a su hija dormida. Algo semejante a una sonrisa adornó los labios de la viuda, brilló por un segundo, y enseguida desapareció.

IX. La Uni 1977

En la Uni estaban a salvo. Adentro podían hablar abiertamente, llevar su afiliación política en la solapa. Los estudiantes denunciaban a sus profesores, salían vociferando de las aulas y se lanzaban a las calles. Algunos desaparecían en las montañas para aprender el arte de la guerra. En todas las paredes se hablaba de política: un exaltado afiche anunciaba una asamblea; aparecían eslogans, trazados en rojo sobre los ladrillos. Bajo la mirada furiosa de algunos activistas, un vigilante asustado los cubría una y otra vez con pintura. Lo hacía todas las semanas.

Algunos ocultaban toda su vida adulta entrando y saliendo de los corredores de la Uni. Fernando los conocía. Uno, Víctor, nunca pasaba mucho tiempo en una sola casa, no más de dos semanas, y entraba a la universidad con papeles falsos para reunirse con sus camaradas. Había abandonado sus estudios de medicina en el segundo año y pasó algún tiempo en Cusco con los campesinos durante la toma de tierras. Había arado la tierra con los indios y había cargado agua en cubos de madera para los cultivos. De regreso a Lima, lanzaba piedras contra el Palacio de Gobierno y rompía vidrios en el edificio del Congreso. Cuando la situación lo permitía, prendía incendios, y la gente comenzaba ya a susurrar su nombre. Para 1977, era ya buscado por la policía. Sus amigos comentaban que los carteles lo hacían ver más flaco de lo que era.

Víctor cayó herido a principios de la primavera. Un hombre buscó a Fernando por la Uni y le transmitió la noticia. El mensajero era un hombre barrigón y moreno, cauteloso con las palabras. Cada sílaba se le escapaba por entre los dientes, así que Fernando se vio obligado a inclinarse para poder escucharlo. Esa era la manera como se comunicaba la gente en el Movimiento. "Víctor necesita un médico. Dice que sabe qué es, pero no puede operarse él mismo."

El hermano de Fernando, Enrique, era médico. Había hecho las prácticas en Estados Unidos. Podía ser que conociera a alguien, o que él mismo viera al paciente. Fernando lo llamó y se encontraron en la casa de Inés en San Miguel. Era un sábado por la tarde en octubre. Inés les sirvió algo de tomar mientras los dos hermanos conversaban. Sus dos hijos corrían por toda la sala, gritando y riéndose. Atacaron a sus dos tíos con abrazos y saltaron encima de Enrique.

"Ciro, ¿qué estás aprendiendo ahora en el colegio?"

"Nada," contestó el muchacho riéndose.

"¿Y tú, Guillermo?"

"No me acuerdo."

Estaba apenas en primer grado, pero Fernando sospechaba que eso podía ser verdad. Los colegios públicos en Lima no eran como el Independencia; vivían hacinados, eran caóticos y estaban sucios. Enrique le insistía a Inés que ahorrara para ponerlos en un colegio privado. Los dos chicos corrieron a jugar afuera.

Cuando regresó la calma, Fernando le comentó a Enrique sobre Víctor.

"Es un amigo," dijo. "No puede ir a un hospital."

"No me pidas que me involucre, Nano."

"¿Involucrarte?" Fernando se rió. "Mira, hermano. Es sólo un pequeño favor."

"Desearía poder ayudar."

"No habrá ningún problema."

Enrique sacudió la cabeza. "Lo siento."

Los hijos de Inés estaban dándole patadas a un balón de plástico desinflado frente a la casa. Ciro hizo señas y sonrió a través de la ventana, entonces pateó la bola directo hacia ellos. Tanto Fernando como Enrique se echaron para atrás, pero la bola rebotó mansamente contra la reja de metal frente a la ventana. Los muchachos se burlaron y Ciro levantó entonces los brazos y gritó gol con tanta vehemencia que Fernando no pudo dejar de sonreír.

Pero Enrique se mantuvo serio. Se alejó de la ventana.

"¿Entonces?" preguntó Fernando.

"¿Sabes una cosa, hermanito?" dijo Enrique en un susurro cortante. "Tengo una esposa. Dos hijas. Un bebé viene en camino."

Ya habían discutido eso antes, en la mesa de la cocina en la casa de sus padres en Arequipa: ¿qué harían cuando llegara el momento de actuar? ¿Qué era lo que se le exigía a gente como nosotros en un país como éste?

"Cuando tengas mi edad lo entenderás, Nano."

Adentro sonaba un radio. Podían oír a Inés canturrear la vieja melodía que salía de la cocina. Enrique se puso de pie sin agregar nada más. Fernando observó a su hermano al otro lado de la ventana. Enrique levantó a uno de los muchachos y se lo puso sobre los hombros. El chico gritaba de alegría.

Algunas veces Fernando pensaba que los dos casi no parecían hermanos para nada.

Víctor murió en un apartamento sin ventanas en Barrios Altos, víctima de las complicaciones de una apendicitis aguda.

X. Mateo 1989

Fernando pasó una tarde por el apartamento de Mateo. Era en noviembre. Muy pronto la ciudad volvería a verse hermosa. Los hermanos se abrazaron cariñosamente; aunque vivían relativamente cerca, no se habían visto en varios meses. Fernando se sentó y Mateo le trajo algo de tomar. "Este apartamento me está matando, Nano," comentó.

Las cortinas estaban cerradas. Todos los muebles estaban cubiertos de polvo.

"¿Acomodaron las cosas de otra manera aquí, no?" preguntó Fernando.

"Movimos todo hacia el centro. Lejos de las ventanas," contestó Mateo, asintiendo con gesto distraído. "Las bombas."

Afuera, a lo largo de la avenida, a no más de cien pies de la ventana de la sala de Mateo, sobre una pared roja de ladrillo se podía leer PROHIBIDO DETENERSE BAJO PENA DE MUERTE. Detrás, había una instalación militar. Más o menos cada doscientos pies y arriba sobre la pared de ladrillo había una garita, cada una con un soldado armado. Mateo le había solicitado en varias oportunidades al dueño que le permitiera a su familia moverse a otro apartamento, uno que no se viera tan expuesto por su ubicación.

El sofá estaba acomodado en la mitad de la sala, dos tiras de cinta aislante formaban una X sobre cada una de las ventanas. "Para impedir que los vidrios salten hacia adentro."

Fernando asintió con un movimiento de cabeza. El había hecho lo mismo en su apartamento. Los vecinos de Mateo se habían mudado lejos. "Tratamos de no ver por las ventanas," agregó Mateo mientras terminaba su bebida.

"Alguien me ha estado vigilando, Mateo."

"Por supuesto."

Mateo sabía exactamente en lo que andaba metido su hermano. Nunca lo habían discutido, pero los dos asumían que ambos conocían a la misma gente, sólo que desde distintos frentes. Estaban en lo cierto. Mateo era oficial. Policía Nacional del Perú. "¿Qué pasó?" preguntó.

"Me robaron el carro, el otro día, cerca de la universidad . . ."

"Lo que no quiere decir nada."

"No, claro que no," Fernando se rió entre dientes. "Es un pedazo de mierda, pero aún así, me sorprende que no haya pasado antes. Pero lo que sucedió después fue extraño. Lo reporté a la policía. En la comisaría me hicieron esperar. Entonces apareció un oficial, no más de dos horas después de mi denuncia y me dijo que ya lo habían encontrado."

En Lima los carros robados no aparecen, no así por lo menos, no hasta que las pirañas los hayan desarmado totalmente. Mateo lo sabía. Todo el mundo lo sabía.

Fernando continuó. "Me llevaron donde estaba el carro, justo en el mismo lugar donde lo había dejado. Exactamente como estaba antes de reportar el robo." Hizo una pausa, y se inclinó sobre la mesa hacia Mateo. "Lo único que no estaba era mi maletín."

"¿Estás seguro?"

"Desaparecido."

"¿Fuiste otra vez a buscarlo?"

Fernando asintió.

"No debiste hacerlo." Mateo sacudió la cabeza. "¿Y qué te dijeron?"

"Por lo visto usted es una especie de político, ¿no?"

"¿Y qué les dijiste?"

Fernando hizo otra pausa, tomó aliento, agotado. No había dormido. "Pregunté dónde estaba el puto maletín."

"¡Nano!" Mateo se levantó de un salto. "¿Cómo se te ocurrió ponerte en esa situación? ¿Cómo puedes despreciar tanto tu propia vida?"

"No sé. La cagué." Bajó los ojos. Movió los dedos dentro de sus viejos zapatos.

"Nano," empezó a decir su hermano. "Mírame. ¿Qué había en el maletín? ¿Qué tenías ahí adentro?"

"Documentos. Papeles. Nombres. No lo sé con exactitud. Tal vez nada."

"¿Nada?"

Fernando sintió miedo de repente. "No le he dicho nada a Maruja."

"¿Ella está implicada?" preguntó Mateo.

"No."

"¿Y tú?"

Fernando cerró los ojos pero no contestó. Cuando los abrió de nuevo, Mateo seguía vigilándolo. Los dos hermanos se observaron con atención durante un rato, en silencio.

Mateo se tumbó otra vez en el sillón. Durante un largo rato, ninguno de los dos habló.

"El círculo se está cerrando, Nano . . . Ten cuidado."

XI. Oxapampa 1989

Un par de semanas antes de Navidad, el Partido se comunicó con Fernando para que hiciera un viaje. No le dijo a Maruja adonde iba, aunque ella probablemente lo sabía. No informó en la universidad que estaría ausente, tampoco esperaba estar fuera mucho tiempo. Fernando abordó un bus en Huancayo, y en la ruidosa terminal se encontró con su contacto, una camarada del Partido. Juntos salieron de Huancayo en dirección norte hacia el valle, y después hacia la selva. Pasaron una noche en Oxapampa, se registraron con nombres falsos en un hotel y se despertaron con piquetes de pulgas y dolor de cuello. Caminaron durante dos días para encontrarse con otro hombre, quien los condujo selva adentro. Después, en la mitad de un claro, a tres días de distancia de ninguna parte, Fernando se encontró con los guerrilleros. José Carlos lo estaba esperando.

Los combatientes eran jóvenes y se veían asustados y empequeñecidos por el armamento. Acababan de empezar a vivir. Ninguno había leído nunca a Marx ni había escuchado hablar de Castro. Algunos nunca habían estado en Lima. No había entre ellos ningún tipo de bravuconería, casi nada de ese alarde que uno podría asociar con cargar un fusil. La selva era oscura y húmeda. En el campamento, le hicieron sitio al visitante que venía de Lima en una de las carpas color verde oliva. Fernando pensó que se veían enfermos, demacrados, cansados. Por un momento, sintió lástima.

En ese claro de la selva, los rebeldes aprendían los principios básicos del combate. Por las mañanas se dispersaban en escuadrones, internándose en la espesura; hacían ejercicios, aprendían a usar los fusiles. Se escondían de los otros y bajaban a tiros las ramas de los árboles a cientos de metros de distancia. Lanzaban piedras a distintos blancos, como si se tratara de granadas. Fernando observaba cómo las lanzaban, contando—uno, dos, tres—y murmuraba entre dientes la explosión por venir: *Boom*.

Aquellos que lo vieron en ese entonces, describieron a Fernando como una persona dinámica, brillante, exponiendo con claridad los sacrificios que aún los aguardaban, y las injusticias que habían reforzado más aun su decisión de luchar. Ninguna pregunta lo animaba más ni encendía más su pasión que la de por qué. Por qué no había oportunidades; por qué el momento era ahora; por qué la victoria estaba asegurada.

Surgía del fondo de su corazón, pero él se comunicaba con las manos, con los brazos, con el cuerpo entero. Por qué a la gente se le negaba la educación; por qué sus padres tenían que laborar en una tierra que no les pertenecía; por qué sus madres tenían que limpiar casas; por qué sus tíos no habían parado de trabajar hasta que la ceguera no los aniquiló. Por qué los vencidos buscaban la felicidad en el trago; por qué la riqueza originaba miseria. Por qué la historia era cruel y fanática; por qué había que derramar sangre.

Parado frente a un mapa de América clavado al tronco musgoso de un árbol de la selva, Fernando pasó el dedo arriba y abajo sobre los picos de los Andes, la espina dorsal de su continente, y comunicó al mísero e inexperto grupo de combatientes la convicción por la que iba a morir ese mismo día:

"Todo esto volverá a ser nuestro," afirmó.

Y sonrió, cuando los demás lo repitieron con él. Le encantó el sonido creciente de sus voces.

Miró hacia arriba y logró ver por entre la espesura de la selva un trozo del cielo henchido.

"¡Todo esto volverá a ser nuestro!" dijo una vez más.

Y las palabras lo llenaron de un inexplicable gozo, tal vez incluso de esperanza.

Todavía estaba vivo.

una ciencia
para estar solo

Cada año, en el cumpleaños de Mayra, desde cuando cumplió uno, le he pedido a Sonia que se case conmigo. Este año nuestra hijita cumplió cinco. Cada rechazo tiene su propia historia, pero sólo hasta hace poco, antes de que las dos se fueran, yo prefería imaginar esos momentos como una prolongada e ininterrumpida conversación. El quinto cumpleaños de Mayra cayó en un día caliente y despejado. En el bolsillo llevaba veinticinco soles, el anillo, y un pequeño kit de maquillaje para mi hija. Me encontraba en la plaza Manco Capac, haciendo fila para un puesto en la barra de almuerzos de un sitio de comida criolla barato, antes de ir a visitar a las mujeres de mi vida.

Sonia y Mayra viven en un hostal en el centro. Se trata de un viejo edificio que pertenecía a un hombre que hubiera podido ser mi suegro. Cuando Sonia no pasó el examen de la universidad, su padre la envió a Estados Unidos para que aprendiera algo del idioma turístico. Al regresar, la instaló como administradora del hostal. Mayra tenía apenas unos meses de nacida. El lugar se llama *Hostal New Lima,* así como suena, con sintaxis de spanglish. Ella recibe a los aventureros, a los jóvenes sin afeitar, los mochileros, dueños de ese estilo inimitable, que llevan chalecos con docenas de bolsillos o pantalones que se abren para transformarse en paracaídas o balsas inflables. Norteamericanos, alemanes y franceses. De vez en cuando, Sonia se llevaba uno de ellos a la cama, pero nunca creí que esas aventuras amorosas fueran gran cosa. En cierta forma, yo me sentía orgulloso de este arreglo tan moderno, pues creía que se aproximaba a esas relaciones amorosas escurridizas y ambiguas que había visto en los shows televisivos gringos. Teníamos nuestras fechas especiales, nuestras tradiciones, y el cumpleaños de Mayra era una de ellas. Era el día en que fingíamos ser todavía una familia o que lo habíamos sido alguna vez. Era el día en que yo le proponía a Sonia, con una sutil fanfarria, que finalmente nos convirtiéramos en una familia de verdad.

La calle estaba hirviendo, por todas partes ese calor pegajoso y desagradable por el que se conoce esta ciudad. La plaza rebosaba de indigentes y sus depredadores. Un hombre con la ropa sucia dormía bocabajo en un escaso trozo de pasto, mientras un empleado municipal en uniforme naranja barría a su alrededor con una larga escoba de paja. En la esquina, un grupo de niños de la calle se apeñuscaba con avidez alrededor de una bolsa de pegamento. Una mujer empujaba un carrito de plátanos de arriba abajo de la calle, la mano abierta para indicar que cinco valían cincuenta centavos. Eran restos de plátanos, desperdicios, blanditos y magullados y dulces. Las cáscaras cubrían la acera rota. Era Lima en todo su esplendor. Debido a mi despido del banco, experimentaba por primera vez la pobreza de verdad, distinta a esos otros tipos de pobreza a los que había sobrevivido anteriormente. Se había manifestado primero como un estado mental: un pánico absorbente, una especie de vértigo, aunado a la certeza de que todos mis infortunios eran un engaño elaborado.

Esta serie de síntomas psicológicos resulta común entre los que, de niños, nunca nos vimos obligados a saltarnos una comida. Para nosotros, la crisis actual resultaba particularmente cruel.

Un economista amigo mío solía decir que él podía reconocer cuán mala estaba la situación según el número de horas que trabajaban las prostitutas. Vivía en Lince, cerca de la Avenida Arequipa, a no más de diez cuadras de esa reconocida franja que siempre se destaca en los magazines dominicales en televisión. A principios de los noventa, aseguraba mi amigo, las mujeres no aparecían en las calles antes de las ocho o las ocho y media de la noche, y desaparecían alrededor de las cuatro de la mañana. A medida que se agudizó la crisis, las prostitutas empezaron a trabajar más horas, escogiendo sus esquinas desde las seis de la tarde y quedándose hasta el comienzo del ajetreo matinal. Una jornada de doce horas completas, decía sonriendo, igual que el resto de nosotros.

Recordé esa conversación porque ahí en la plaza, apenas pasado el mediodía, una mujer mayor, con el pelo teñido de rubio, estaba ya poniendo más horas en su trabajo. Era robusta y cuadrada, la edad exacta oculta bajo varias capas de maquillaje. La carne de las caderas se le apretaba contra la falda. Las putas trabajando en turnos de la mañana, pensé con una sonrisa, y me pregunté si mi amigo podría teorizar sobre este nivel de miseria; en un momento dado, especulé si de repente él también habría sido despedido y, si era así, cuáles serían sus planes. ¿O tal vez sería que él, como yo, tampoco tenía ninguno? Observé a la mujer, con su forzada sonrisa de coquetería. Se animó de una manera patética cuando descubrió que yo la miraba. Me di la vuelta. Haría mejor negocio al atardecer, me dije, y no a plena luz del mediodía.

Me sentí conmovido—no puedo explicar exactamente por qué—con la imagen de esa mujer. Yo no clamo altruismo, o una generosidad que esté más allá de lo que es humano y decente. Se trata sólo de esto: siento que algo debería ser distinto, algo que tal vez pudiera convertir la ciudad en un lugar más vivible, menos cruel, más amable. Quizás sea algo que cualquier papá sentiría, el día del cumpleaños de su hija o en cualquier día que esa criatura que ama sin remedio esté presente en sus pensamientos, y entonces uno se pregunta qué puede hacer por ellas y por el mundo que van a heredar. Por otro lado, yo soy un hombre cuyos actos no siempre responden a una lógica. Sonia solía llamarme el Rey del Desierto por esa admiración que le tengo a lo grandioso. Había leído algo de Historia. Los esfuerzos inútiles de nuestros héroes peruanos eran en cierto sentido hermosos, incluso triunfales. Yo era consciente de nuestras tradiciones.

Todos hemos tenido nuestros problemas. Mi padre coqueteó con la bancarrota durante décadas antes de darse finalmente por vencido. Tuvo una pequeña librería en Miraflores, pasó por épocas de prosperidad, después por épocas malas y después por épocas peores. Vendía calendarios y libretas y diccionarios y lápices, así como también los clásicos en volúmenes con cubiertas de cuero. Para cuando el negocio se vino abajo, yo había entrado ya a la universidad pública y estaba de alguna manera aislado de los problemas de mi familia. Mi padre encontró trabajo como taxista y murió algunos años después, cuando el banco se quedó con su hipoteca. Yo empecé a ayudar a un tío que distribuía cosméticos Mary Kay en las farmacias de Lima. Recorríamos la ciudad de extremo a extremo. Así fue como aprendí a temerle a la pobreza.

Compré unos plátanos, cedí mi puesto en la fila, y me dirigí hacia la prostituta. La mujer esperaba bajo el toldo de una tienda de fotografía, al lado de un viejo con la piel curtida que vendía periódicos extendidos sobre un trapo. Ella me vio acercarme y sonrió. Le ofrecí los plátanos y la saludé.

"Hola," contestó, sonriendo con complicidad. Tenía la cara ancha y bronceada por el sol de verano. Tres lunares le salpicaban la mejilla izquierda y se levantaban a un mismo tiempo cuando sonreía. Se miró la cintura descubierta. "¿Ya es hora, cariño?" preguntó con timidez. "¿Tan pronto?"

"Sí," respondí con torpeza.

Hizo una mueca pero de inmediato se recompuso. Era más joven de lo que había supuesto al principio, no tendría más de cuarenta.

Sostuve los bananos. Tenían vetas negras. Ella agarró la fruta magullada y acarició de arriba abajo uno de los plátanos.

"Ah, morboso, ¿no?" dijo, sin dejar de sonreír. "¿Te gusta lo morboso, flaco?"

La esquina de la calle estaba envuelta en una luz blanca. Su falso pelo rubio brillaba con un resplandor carmín contra las raíces negras, después anaranjadas, y los tonos cambiaban cada vez que giraba la cabeza. Con las uñas pintadas de rojo, separó uno de los bananos y lo peló lentamente, mostrando alternativamente una mueca de dolor y de placer. Me preguntó si me gustaba. Los tres lunares bailaban.

La sangre se me agolpó caliente en las orejas. Murmuré una disculpa. Ella me miró, sin comprender, y continuó con su mímica sexy, como si la pura persistencia fuera suficiente para excitarme.

Hay momentos—y yo he aprendido a reconocerlos—en los que algo que inicialmente parece bastante razonable, incluso afable, se revela como algo profundamente estúpido. El tiempo se detiene, las palabras desaparecen, las ideas se marchitan y colapsan unas encima de otras. Me ha sucedido antes. Equivocados actos de caridad. Algunas veces acierto, otras veces fallo. Nunca estoy del todo seguro qué idea en apariencia buena terminará por atraerme.

Un minuto después, un policía se unió a nuestra discusión.

"¿Qué es lo que pasa aquí?"

"Este pendejo," empezó a decir la mujer, y entonces supe que cualquier cosa que ella le dijera al policía iba a ocasionarme problemas. Empezó a hablar casi sin parar. Yo le había hecho insinuaciones, afirmó, y ese no era la clase de trabajo que hacía ella. Era una falta de respeto. Era madre de dos hijos y una persona cristiana, añadió, señalando la cruz que le colgaba entre los pechos. Yo había sido obsceno, le había insinuado hacer cosas que no eran naturales. Sostuvo los bananos al frente como evidencia de mis apetitos perversos. "No sabe cómo me alegra que usted haya aparecido," le dijo al policía. "Quién sabe éste qué hubiera terminado haciendo."

Fue un espectáculo desagradable. Una mujer mayor, con un par de hijos en la casucha que llamaba su hogar, haciendo la calle en una calurosa tarde de febrero y transformando un simple regalo en una ofensa excomulgable. El policía se olió una coima y apenas si pudo disimular su regocijo. Me examinó de arriba abajo. Yo no había dejado la costumbre de vestir a terno completo todos los días. Sin duda supuso que yo tendría dinero. Le indicó a la mujer que se fuera con un movimiento de cabeza y una palmada en el trasero. Ella se alejó tranquilamente, volteándose sólo para hacerme mala cara. A mitad de la cuadra dejó caer una cáscara de plátano al borde de la vereda.

El policía sonrió con descaro, taimadamente. Se pasó las

manos por el pelo grasoso y me tomó del brazo. Me enterró las uñas descuidadas en el bíceps.

"Vamos a dar una vuelta," dijo.

Sonia había sido mi estudiante en un instituto preuniversitario. Para cuando no pasó el examen final por segunda vez ya éramos amantes. Un año más tarde, a los veintiuno, ya estaba embarazada con Mayra. Seguíamos sin casarnos y sin intención de hacerlo. De hecho, yo nunca tuve la oportunidad de proponérselo. Al mismo tiempo que me anunciaba que estaba embarazada dijo que era demasiado joven para casarse. Yo acababa de cumplir los veintinueve y también me sentía demasiado joven. Estalló el escándalo. Nuestros respectivos padres, que se despreciaban mutuamente, se reunieron para negociar. Decidieron forzarnos a que nos casáramos. Invocaron la decencia y el decoro. Yo llegaba todas las noches a la casa para recibir reproches por mi irresponsabilidad. A Sonia la amenazaban con todo tipo de tormentos. Nos describían la bestial y breve existencia de nuestro hijo bastardo con un lujo de detalles apocalípticos.

Un día su padre, el señor Sepúlveda, me llamó y dijo que deseaba hablar conmigo de hombre a hombre. Aparecí a la hora acordada, nervioso y con mi mejor terno. Estaba preparado para ser doblegado y presionado, para que mi voluntad fuera remoldeada, con la certeza de que iba a claudicar. La madre de Sonia me invitó a pasar y me dijo que me sentara. El salón estaba tan calmado y silencioso que podía escuchar las partículas de polvo cayendo sobre los forros de plástico del sofá. El señor Sepúlveda apareció entonces, llevando una bandeja con dos vasos de ron y Coca-Cola. Me saludó con la cabeza y se sentó, levantando el vaso hacia mí, antes de beber su contenido. "Un brindis," dijo enigmáticamente, "por el amor y el mar."

Yo también bebí un sorbo.

"Bueno," comentó, después de una pausa lo suficientemente larga, "definitivamente usted la cagó, ¿cierto?"

"¿Señor?"

"¿Pensó que lo hice venir aquí para ofrecerle mis felicitaciones?" Sacudió la cabeza, como si contestara a su propia pregunta, después levantó los brazos, señalando el techo, o quizás al mismo cielo. "¿A quién voy a culpar de todo esto?"

"No sé," dije.

El señor Sepúlveda era un hombre canoso y agrio. Recuerdo haber pensado que Sonia era linda a pesar de los genes de su padre, el cual se encontraba en pleno proceso de un lamentable envejecimiento. Había algo tosco en sus rasgos, como si hubiera sido ensamblado por la mano de un niño. Cada vez que tomaba un trago, todo el vaso desaparecía entre sus enormes manos.

"¿Entonces cuáles son sus planes?" preguntó. "¿Cómo va a sostener a mi nieto?"

Le contesté que yo trabajaba en un banco, que estaba a la espera de un ascenso. Cuando comenté que seguiría enseñando para tener una entrada extra, se rió sorprendido.

"¿Enseñar? ¿Así es como lo llama? ¿Asaltar a mujeres jóvenes?" comentó. "Sonia no pasó el examen, así que, ¿qué era exactamente lo que usted enseñaba?"

Sonia no era precisamente el tipo de persona para dar un examen. Lo que le sucedía era simple: palpitaciones en el corazón, las palmas de las manos humedecidas por el sudor, todas las cosas que había aprendido quedaban diluídas, olvidadas. Las palabras mismas la atropellaban. Era como estar drogada.

Le mencioné al señor Sepúlveda las estadísticas: el hecho de que cincuenta mil estudiantes postulaban para llenar sólo siete mil vacantes.

"Un hombre fracasado nunca está solo," afirmó con severidad. "¿Sabe que yo me gané el sorteo de la visa?" Me miró con más fiereza.

La suerte, reinterpretada convenientemente como un logro. Asentí con la cabeza.

"¡Trabajé con éstas!" dijo, echándose hacia adelante por encima de la mesa de centro, repentinamente animado, sosteniendo frente a mi cara esas manos inmensas. "En Paterson, Nueva Jersey, en los *Uniteds*! ¡Con dominicanos! ¡Con puertorriqueños! ¡Con negros! ¡Allá tienen hijos dos veces al año, esos norteamericanos! ¡Con papás que salen de la cárcel los fines de semana para ir de visita a la casa! Una vida más acelerada que la nuestra. ¡Se matan unos a otros por la plata de la beneficiencia! ¡Sus hijos nacen adictos a las drogas!"

Empecé a sentir que no tenía ni idea de lo que estaba hablando. Yo asentía con la cabeza porque no sabía qué otra cosa hacer. Sonia me había hablado antes de estas diatribas, con una precisión tan insólita que tuve la sensación de que su padre estaba leyendo un guión. Tuve que reprimir el impulso de reírme.

"Lo he visto todo," dijo, echándose de nuevo para atrás en la silla. "Lo que usted y mi hija hicieron. Nada me sorprende ya. Nada puede escandalizarme. Esa gente."

Había pronunciado las palabras como si las sílabas estuvieran sucias.

"Yo no confió en usted," añadió, "pero confío en mi hija."

"Yo también, señor."

"¿De quién fue la idea de *no* casarse?"

"De los dos," contesté.

"Sonia dice que fue de ella."

"Tal vez fue de ella."

"¿Pero usted está de acuerdo?"

Contesté que sí.

"Desearía matarla, la verdad. No es que usted me caiga bien, para nada. Pero aún así, me gustaría forzarla a que se casara con usted." Lanzó un suspiro entre los dientes, emitiendo un débil silbido. "Pero no la voy a obligar."

"¿Señor?"

Me preguntó cuántos años tenía y se lo dije.

"¿Dónde fue que me dijo que trabajaba?"

"En el Banco Inter-Provincial del Perú."

Me estudió de arriba abajo. "No pretendo entender. Digo, usted no aparenta ser un malogrado." Vació su trago de ron con Coca-Cola. "Usted podría esperar un tiempo, ¿no?"

Asentí con la cabeza, aunque no estaba del todo seguro de en qué era que estaba de acuerdo, o qué era lo que acababa de suceder. No me atreví a sonreír, ni a mostrar ninguna expresión, y en todo caso no estaba seguro de qué era lo que sentía: ¿Alivio? ¿Decepción? ¿Confusión? ¿Me habían cerrado el paso para casarme con la mujer que amaba o me habían perdonado las consecuencias de una indiscreción juvenil? El señor Sepúlveda me observó por otro rato y suspiró de nuevo. La madre de Sonia reapareció por el marco de la puerta.

"Muy bien, hijo," dijo el señor Sepúlveda. "Acábese ese trago. Yo tengo mucho qué hacer."

El policía me llevó hacia una de las esquinas desoladas del barrio, donde los adoquines brillaban por entre el cemento roto como heridas abiertas. Mis zapatos estaban rayados y gastados en las puntas, a las que les había puesto betún negro oscuro. Traté de razonar con el policía, pero ninguna explicación valía, ninguna equivocación venía al caso. Mi hija Mayra, el desplome de la economía, mis alegatos de pobreza: todos eran sólo detalles superfluos. Empezando en treinta, comenzó a bajar en porciones de a cinco soles. Describió con detalle mi humillación, el efecto que un arresto por solicitar los servicios de una prostituta podría tener en mis intenciones de regresar al mundo de las finanzas. "Anímese, amigo," susurraba. Proclamaba su generosidad. Hizo el juramento a la bandera. Era un soborno escandaloso, una suma inaudita, pero le pasé diez soles sólo para acabar de una vez por todas. Si hubiera querido más, si hubiera pedido el anillo de Sonia o el regalo de Mayra, estaba listo a pelear, me dije, sin importar las consecuencias.

El día era ya de por sí largo, a pesar de que eran apenas pasadas las dos de la tarde. Caminé de regreso hacia el centro, conmiserándome a mí mismo, elaborando y de inmediato rechazando cualquier excusa para justificar mi propia payasada. Somos un país de gesticuladores consumados. Hombres y mujeres que piensan que trascienden con acciones banales, gente condenada a inventar poesía. Yo no soy diferente, funciono sin decoro dentro de esa gran tradición. Nuestros héroes lanzan sus caballos sobre los acantilados de las montañas, rodando hacia una muerte gloriosa. Se inyectan sustancias venenosas y languidecen en nombre del progreso de la medicina. Nuestros héroes mueren irremediablemente, o mueren sus esperanzas, y de eso resulta un lastimoso orgullo para nuestro sufrido pueblo. Cómo y cuándo, el método y el momento para una derrota final y solitaria. Ese es nuestro arte más consagrado.

Mayra nació el 5 de febrero, en 1996. Yo me encontraba en la sala de partos, observando ese proceso mágico, con un temblor en mis débiles rodillas. Fue el día más completo de mi vida.

Cuando sostuve a mi hija entre mis brazos, lo único que deseé con todo mi ser era casarme con Sonia, convertirnos en una familia.

En los días siguientes a mi conversación con el señor Sepúlveda, nuestra relación se vino abajo. Se me ocurrió de repente que tal vez había algo en mí que no funcionaba, o que había algo imperfecto en mi amor. Por supuesto, las dos afirmaciones eran ciertas. Me emborraché con algunos amigos y me aconsejaron que la olvidara. Modifiqué la historia: al dejar de sentirme atemorizado por el asunto del matrimonio y la paternidad, me había convertido mentalmente en un hombre a quien dejaban plantado y que deseaba asumir la responsabilidad de su hija, un hombre cruelmente desairado sin razón alguna. Les dije a todos al oído que deseaba casarme con ella, protegido por la certeza de que se trataba de una imposibilidad. Y en el lapso de unos cuantos meses llamé a todas las mujeres que me habían sonreído alguna vez. Las llevé a bailar y les compré tragos, gastando con derroche en su entretenimiento, y me acosté con todas las que quisieron tenerme.

Fue todo un logro el hecho simple que me hubiera permitido entrar a la sala de partos. Una negociación. Sonia no quería verme. Insistí en que yo tenía derecho y entonces accedió. Una vez adentro, me sentí descorazonado e inspirado, esperanzado y deprimido, consciente del dolor que le había causado a Sonia. Observé las piernecitas y los bracitos de Mayra y la suave frescura de su cara diminuta. Sus ojos castaños eran del mismo tono que los de su madre, y en ese instante las dos se convirtieron en mi religión. Sentí que deseaba llorar ante la belleza de su pequeño cuerpo, de su ser puro. Y llorar también por lo que había hecho. Mis egoístas faltas parecían ahora un obstáculo infranqueable si es que yo pretendía alguna vez ser su padre.

Cuando llegué, Sonia y Mayra me esperaban en los escalones de entrada al hostal. Había pasado más o menos una semana desde la última vez que las vi, el tiempo suficiente para que mi reaparición fuera todo un acontecimiento. Mi pequeña hijita se liberó del abrazo de su madre, dio un par de pasos torpes hacia mí y me cerró el paso. Tenía los brazos cruzados y la cara rígida en una mueca. ¡Qué teatro! Sus mechones negros le caían sobre la frente. Me arrodillé al frente suyo y le ofrecí la mejilla para un beso.

"¿Sabías que hoy es mi cumpleaños?"

Levanté los ojos y descubrí a Sonia sonriendo. Le pregunté con voz temblorosa si eso era cierto.

"Me temo que sí."

"Bueno," dije, buscando en el bolsillo interior de mi chaqueta de paño, "pues me alegro de no haber regalado esto por ahí."

Los ojos de Mayra se abrieron de asombro. Era un paquete pequeño y delgado, el kit de maquillaje. Estaba envuelto en un papel de regalo rojo y verde, con un motivo navideño que parecía fuera de lugar en febrero. A Mayra no pareció importarle.

"Mayra, mi amor," le dijo Sonia, "¿por qué no subes y lo abres arriba?"

Ya era demasiado tarde. Iba a ser abierto ahí mismo, sobre la acera entre los escalones y la calle. Mayra ya estaba rasgando el papel, usando sus manitas y los dientes y todo su apresurado entusiasmo.

Sonia bajó los escalones y me dio un beso, deslizando el brazo derecho bajo mi chaqueta y alrededor de la espalda, me susurró una pregunta al oído, por qué había llegado tarde, y contesté en voz baja que más tarde le contaría. Me dijo que ella también tenía algo que contarme y entonces me mordió suavemente el lóbulo de la oreja.

El paquete, una vez abierto, dejó a Mayra un tanto defraudada. Se trataba en realidad de un regalo simple, con un par de pintalabios, un pequeño cepillo de pelo, y algunos polvos y coloretes con los que yo había imaginado que a mi hijita quizás le gustaría jugar. Estaba absorta en la caja. "¿Ya tiene edad como para eso?" pregunté.

Sonia frunció el ceño y se agachó para verlo con más cuidado.

"¿Qué es?" preguntó Mayra.

"Algo que te hará más linda de lo que ya eres," dije. "Tal vez sea demasiado para la gente de por estos lados."

"¡Colorete!" exclamó Mayra. Lo había logrado sacar del empaque, le empezó a dar vueltas a la parte de abajo hasta sacarlo completamente, quedando erecto como un mástil en una especie de saludo rojo y brillante.

"¿No podías haberle regalado un libro?" preguntó Sonia.

"Quiero caerle bien."

Sonia sonrió con sorna. "¿Mayra, qué dices, amor?"

"Gracias, Papi," contestó mi hija con una vocecita cariñosa, y entonces todos los problemas, pequeños y grandes, de ese día parecieron lejanos e insignificantes.

"El próximo año Papi te va a traer un libro," dije.

Mayra sacó la lengua. La tomé entre mis brazos.

Iríamos a ver una película, a tomar helados, a comprar globos, a conversar y dar vueltas y abrazarnos. Por primera vez en la breve existencia de Mayra dejé que Sonia pagara. Cuando saqué los quince soles que aún me quedaban no me los recibió. Agarramos un taxi hacia Miraflores y caminamos por la acera, bien arriba del mar. El sol del verano avanzaba hacia el atardecer con vetas de un rojo chillón. Paramos en el parque para observar a los planeadores, flotando por docenas sobre la costa.

Mayra nunca los había visto antes. Preguntó si eran pájaros gigantes.

Le dije que sí, pero Sonia negó con la cabeza. La pobre Mayra nos miró a los dos, desconcertada. Sonia y yo nos reímos.

"¿Entonces qué son, amor?" le pregunté a Sonia.

"No son pájaros gigantes," dijo Sonia, rectificándose. "No, no. Son pájaros enormes."

"¿Eso es más grande que gigante?" preguntó Mayra.

Le aseguré que sí y pareció complacida.

Me puse a Mayra en los hombros para que así pudiera ver mejor. Entrecerró los ojos por el resplandor del sol, señalando los planeadores mientras se desplazaban en cámara lenta, a izquierda y derecha sobre el horizonte. Le tomé la mano a Sonia, me lo dejó hacer sin eludirlo. Ya ha pasado suficiente tiempo, pensé. Quizás esta noche por fin me diga que sí.

Le había propuesto matrimonio en la casa de sus padres. En un restaurante elegante, después de un vino y una comida servidos por camareros con acentos europeos. En el zoológico, dos años atrás, con globos y una trompeta prestada por un amigo. Y también cuando Mayra cumplió los cuatro años, en la desnuda intimidad de la habitación de Sonia. El año pasado, como todos los años, Sonia me había dicho que me amaba pero que no estaba segura de que eso fuera suficiente. Yo le había contestado que para mí lo era, que yo la amaba. No es que yo no haya pensado en darme por vencido; lo que pasaba era que no sabía cómo hacerlo.

Un par de meses después del nacimiento de Mayra, Sonia viajó a Estados Unidos para aprender inglés. Su familia la quería lejos de mí, lejos del estrés. Durante medio año, visitaba a mi hija tres veces a la semana, soportando los incómodos silencios de los Sepúlveda, quienes no sabían si despreciarme o aplaudir mi persistencia. Me sentaba en el sofá de su casa, bajo la mirada adusta de la señora Sepúlveda, meciendo en mis brazos a la pequeña Mayra. Por las noches, inventaba escenarios en una gama que iba de lo trágico a lo maravilloso: Sonia en Estados Unidos, conociendo a un hombre que le removió el piso. Un hombre alto, blanco. Un hombre con plata. Un hombre más apuesto y más inteligente que yo. Por supuesto más cariñoso. Un mejor papá. Esas eran mis pesadillas cuando imaginaba que la había perdido para siempre. Pero al mismo tiempo me dejaba llevar por otro sueño: Sonia regresando, desengañada por lo que había visto allá, sobrecogida por la depravación que le había descrito su padre, perdonándome, dispuesta a comenzar de nuevo.

En la época en que trabajaba con mi tío, una vez hicimos una entrega a domicilio en San Juan de Lurigancho. Yo había dejado la puerta posterior de la camioneta sin cerrar. Estuvimos adentro no más de dos minutos, pero cuando salimos estaba completamente abierta y unos chicos desaliñados escapaban con algunas cajas de cremas, frascos de colonia y jabones. Empezamos a perseguirlos cuando la dueña de la casa nos dijo que ella sabía quiénes eran los ladrones. Vuelvan más tarde, dijo, yo me hago cargo de esto. Hicimos unas cuantas entregas más, regresamos un par de horas más tarde, y fuimos con la mujer a la casa del primer niño. Era un lugar humilde, la puerta armada con tablas de madera y tan pobremente construida que uno podía pasar fácilmente los dedos por entre los huecos. Una mujer bajita nos dejó pasar, escuchó con las manos entrelazadas a la espalda mientras le relatábamos lo sucedido. El lugar olía a verduras hervidas y a barro. El avergonzado niño apareció cuando lo llamaron, tendría unos doce años y estaba descalzo. Mi tío habló. El chico retorcía los dedos de los pies sobre el piso sucio, y se mecía sobre los talones. Su madre pidió muchas disculpas. Luego, el chico se fue y regresó con una caja de esmaltes de uñas. Mi tío notó que faltaba uno.

"Lo usé yo," dijo la madre. "Fue un regalo." Nos mostró entonces las uñas pintadas para que las viéramos.

Se había puesto un color rojo terroso oscuro. "Le queda muy bien," comenté.

Recuerdo cuando le conté a Sonia esta historia hace algunos años. Era ya el final de la mañana y seguíamos en la cama, ella sentada encima mío, trazando su nombre con lapicero de tinta azul sobre mi pecho y mi estómago. Cuando presionaba con fuerza, la piel me hacía cosquillas.

Cuando llegué a ese instante de la historia, Sonia levantó la mirada. "¿Qué hicieron?" preguntó. Su pelo me caía sobre la cara.

La verdad fue que mi tío se llevó el esmalte. Lo volvió a sellar y lo vendió. Le pidió disculpas a la mujer y se sintió muy mal, pero eso fue lo que hizo. La plata estaba escasa.

"Dejamos que se quedara con el esmalte," dije. No estoy muy seguro por qué mentí. Me pareció que la verdad sonaba terrible.

Sonia siguió con su tarea, sacándome la lengua mientras estampaba otra elaborada S sobre mi cuerpo. Traté de incorporarme y mirar por debajo de mi barbilla.

"¿Qué?" pregunté.

"No se, ¿no estaban micios? ¿No era que tu familia estaba en quiebra?"

"¿Le hubieras quitado tú el esmalte a la mujer?"

"No era un esmalte lo que ella necesitaba."

"¡Por lo menos era algo!"

"Ay, Miguel," dijo Sonia y me besó en el estómago. "Primero

hay que hacerse cargo de los de uno, amorcito. Eso fue lo que siempre me enseñaron."

La mujer no protestó. Nos dio las gracias amablemente por no llamar a la policía. Crucé una mirada con el chico, con la certeza de que no lo iban a castigar. El también lo sabía. No había hecho nada malo. El estaba seguro.

Seguí tumbado ahí en la cama, sintiendo la punta del lapicero trazando letras sobre mi piel. Cerré los ojos y Sonia sonrió exquisitamente. "Ya terminé," dijo. "Ya puedes mirar."

Cuando abrí los ojos, ella se quitó la blusa con un movimiento rápido. Me sorprendió. Sus pechos eran pequeños y redondos. Me pasó el lapicero. "Ahora es tu turno," dijo, sonriendo. Cerró los ojos y esperó. "¡Rápido!"

Ibamos en el taxi de regreso a la casa cuando Sonia me dijo que Mayra había recibido otro regalo de cumpleaños. Había llegado en el correo y traía sello postal de Estados Unidos. Había en su voz una seriedad que me sorprendió.

"¿De verdad?" pregunté. Ya era tarde y me sentí de repente muy cansado. "¿Es de tu tío?"

Negó con la cabeza. Era de un norteamericano. Un escritor de turismo que había publicado una crónica. Había pasado un tiempo en Lima. Aparentemente yo lo había conocido. ¿No me acordaba? Claro que sí. El hombre alto, el hombre blanco, el hombre adinerado de mis pesadillas.

"No sabía que siguieran en contacto," comenté. "Qué bien."

La ciudad estaba oscura, nuestra hija se había quedado dormida entre los dos.

"El quiere que vaya a visitarlo. Dijo que nos podía ayudar a conseguir la visa."

"¿Nos?" pregunté.

"A mí y a Mayra."

Noté que asentía con la cabeza y que los pequeños pies de mi hija estaban sobre mi regazo. Tuve el impulso de agarrarla, darle la vuelta para que así su mejilla descansara sobre mi pecho.

"¿Y vas a ir?"

"El nos paga los pasajes."

"¿Te vas a quedar?" pregunté.

"No sé."

El taxi avanzaba velozmente por las calles a media luz. A lo largo de Tacna, marañas de gente esperaban los buses que los llevarían a sus casas, montones se arremolinaban en tropel a las entradas de los bares underground. Una música tecno asaltó nuestro silencio. Ya estábamos por llegar al New Lima. Le había contado a Sonia sobre mi encontronazo con la ley, omitiendo de manera consciente algunos detalles hasta que todo el episodio sonó como fragmentos de una poesía surrealista. Había hablado sobre mi inminente ruina financiera y sentí de nuevo el humillante torrente de sangre subiéndome a la cara. Habíamos desembocado en el silencio. Ella conocía todos mis secretos y yo conocía todos los suyos. Ella me dejaba por los *Uniteds,* por su economía todopoderosa, por su tierra fértil donde los dólares crecen de manera silvestre. Asumí que el hombre no la llevaría a vivir a Nueva Jersey, sino a algún otro lugar con ondulantes jardines verdes, casas modernas e inmaculadas, un lugar donde lo moderno flotaba en el aire como un perfume. ¿Por qué no iba a ir ella? Y si se iba, ¿por qué tendría que regresar?

"¿Lo quieres?"

Ella asintió. "Puedes querer a más de una persona al mismo tiempo," dijo.

Nos mantuvimos en silencio hasta llegar al hostal. Acostamos a Mayra con su dulce pequeñez, inocente de nuestras maquinaciones y nuestros conflictos. ¿A qué edad empezaría a comprender? ¿Cuántos años me quedaban antes de que ella me reconociera como el fracasado que era? ¿Cuántos más antes de que se olvidara de mí?

Sonia y yo caminamos de regreso al gris vestíbulo de la recepción. Sobre el mostrador estaba la crónica de las estrellas como fondo en un marco barato de madera. Le di un golpecito al vidrio con los nudillos, con ganas de romperlo. "¿Éste es?" pregunté.

Los tres sillones estaban dispuestos uno al lado del otro, en ángulo recto. Sonia se desplomó en el que estaba contra la pared más alejada. Encima había una ventana alta y sobre el vestíbulo caía una luz amarillenta. No contestó.

Me sentía inquieto. No podía sentarme ni tampoco quedarme parado. Caminé de un lado a otro del mostrador. No había comido casi nada en todo el día y de repente me sentí mareado. "¿Cómo se llama?" pregunté.

"Eso no importa."

"¿Dónde vive?"

"En ninguna parte."

"¿Tiene plata?"

"No tiene plata."

"¿Lo extrañas? ¿Es rubio? ¿Hablas con él en inglés? ¿Te manda e-mails, te llama, te manda fotos?"

"Basta," dijo.

Estaba ebrio con preguntas, caminando en pequeños círculos a su alrededor.

Sonia soltó un suspiro. "Esto no es exactamente como imaginé mi vida."

En esta ciudad, no hay nada más inútil que imaginarse una vida. El día siguiente es tan incierto como el año que viene, y no hay nada sólido de dónde cogerse. No hay trabajo. No hay nada que yo hubiera podido prometerle en ese momento que no estuviera construido sino en la imaginación. O aún peor, en la suerte.

"¿Qué pretendes que haga?" preguntó, observándome durante los prolongados segundos de mi silencio. "¿Qué harías tú?"

"No sé," contesté finalmente.

"Harías lo que fuera mejor para ella."

Me tumbé en el sillón a su derecha y cerré los ojos con fuerza. Los oídos me zumbaban. "Así que es sólo por ella," dije con los dientes apretados. "Y tú, pobrecita, tienes que irte a vivir a gringolandia."

"No quiero pelear."

"Simplemente di lo que piensas."

Sonia tragó saliva. "Tú me recuerdas todos los errores que he cometido."

"Qué chistoso. Pues tú me recuerdas a nuestra hija."

"No es ella," dijo Sonia, "no estaba hablando de ella."

"Claro que no. Lo entiendo. Lo que quieres ahora son errores nuevos."

"¿Por qué no?" Se puso de pie, furiosa de repente. Había rabia en su voz.

"Déjame adivinar," añadió. "Tienes el anillo en el bolsillo. Quieres ponerte en una rodilla y leerme un poema de amor y quieres que yo empiece a llorar y quieres que te quiera. Pero yo voy a decir que no porque de los dos yo soy la única que piensa, y entonces tú desaparecerás por un mes a lamerte las heridas y tendré que enterarme por Mayra que su papá la recogió en la guardería y que le tiene un regalo."

Yo estaba sudando. "¿Y qué pasa con nosotros?" pregunté.

Me miró detenidamente durante un instante, incrédula. Pensé que tantas cosas entre los dos que se habían perdonado. "¿Por qué no luchaste por mí?" dijo.

Empecé a contestarle—que lo estaba haciendo, que lo había estado haciendo por cinco años—pero ella me interrumpió. "No ahora . . . antes."

Me sentí terrible por no tener nada qué decir.

"Nunca quise *tener* que casarme. Lo que deseaba era *querer* casarme."

"¿Y ahora *quieres* casarte con ese tipo?"

"Aún no me lo ha pedido," contestó. "Pero lo hará."

Era ya casi medianoche. Los leves ruidos del tráfico se desvanecían a través de la ventana. Necesitaba pensar. Saqué los quince soles del bolsillo y le pedí una habitación con ventana y balcón en el cuarto piso donde no había nadie. Sonia me miró perpleja.

"Esto es un hostal, ¿no es así?" dije. "¿O no hay habitaciones para pervanos?"

Pude ver bajo la luz pálida que me miraba con rabia.

"Lo siento."

"Quince no es suficiente."

"Después te pago."

Se paró y caminó hacia el otro lado del mostrador. Paseó los dedos a lo largo del tablero de llaves, descolgó una y me la pasó. "Ya conoces el camino."

Le pedí que esperara.

Me dirigí hacia el cuarto de atrás y avancé a tientas en la oscuridad hasta que mis ojos se acostumbraron. Mayra estaba dormida. La levanté, con cuidado para no despertarla. Acomodó su sueño a mi abrazo con un leve murmullo. Caminé de regreso a la luz y encontré a Sonia sentada sobre el mostrador, columpiando las piernas contra la madera. Se veía increíblemente joven.

"Te quiero, Miguel," dijo. "Pero casarme contigo sería como darme por vencida."

Me entregó la llave y me dio un beso de buenas noches.

Observé respirar a Mayra durante un momento y me quedé dormido. Me desperté con los movimientos de Sonia avanzando por entre las sombras del cuarto y metiéndose a la cama. Nuestra hija dormía en medio de los dos, la única persona honesta de su familia. Me deslicé de nuevo hacia el sueño y tuve, esta vez de verdad, unas pesadillas tan saturadas y exageradas que, al despertarme poco después del amanecer, todo lo sucedido el día anterior parecía ser perversamente también parte de esos sueños. ¿Se estaban yendo? ¿Se habían ido ya?

Sonia dormía sobre un costado, dándome la cara, con un brazo por encima de Mayra.

Después de un rato me levanté de la cama, abrí las cortinas y descubrí que el alba había caído sobre Lima una vez más. Me sentí colmado de una energía inexplicable, a pesar de no haber dormido mucho, y con un optimismo bordeando la alucinación. El vacío en el estómago había desaparecido. No se irían, pensé, no podían.

Sonia carraspeó y se cubrió los ojos. Mayra refunfuñó y se dio la vuelta. "¡Papi!" se quejó.

"¡Damas y Caballeros!" anuncié con solemnidad, extendiendo los brazos. "¡El amanecer!"

Sonia se dio la vuelta sobre la almohada, dejó escapar una ligera risita, y se incorporó. Me sonrió débilmente, se desperezó con un largo bostezo que le recorrió todo el cuerpo, como a un gato, hasta que los dedos de los pies se le asomaron por debajo de la sábana, extendidos. "Despiértate, amor," le dijo a Mayra. "Buenos días," me dijo a mí después.

Dejé que el sol pasara a través de la ventana, iluminándole la sonrisa. Mayra ya estaba despierta del todo, y se sentó en la cama. "Papi," gritó, señalando mi barriga, "¡Estás gordo!"

"¡Mayra!" dijo Sonia. "¡No seas grosera!"

Pero a mí me pareció chistoso. Me reí. No estoy gordo; lo que sucede es que ya no soy joven. Me agarré la barriga y durante unos segundos fingí que mi ombligo era el orificio de una bala, que estaba mortalmente herido. Caí al piso, "Ay, Mayra," grité.

Mi hija gateó hasta el borde de la cama y se tendió ahí, mirándome a los ojos mientras yo seguía echado en el piso. Tenía el pelo levantado en varias partes, una salvaje melena enmarañada. Soltó una sonrisa amplia y pícara y yo cerré los ojos.

Imaginen, como lo hice yo en ese momento, el tiempo en forma de un túnel cada vez más estrecho, arrastrando a sus seres queridos más y más lejos de ustedes. Las distancias dilatándose de manera implacable, la existencia reducida a los recuerdos de gente desaparecida hace mucho tiempo. Imaginen los extraños y terribles silencios, los espacios vacíos. Imagínense marchitándose en este lugar sin ninguna compañía. Piensen en una hija viviendo en un lejano país del norte, con sus vientos fríos y sus lluvias torrenciales, esforzándose por reconocerlos entre un flujo de imágenes y sonidos y aromas borrosos. Imaginen que la incoherencia de su memoria los haya sepultado bajo el ruidoso tráfico de esta ciudad o de los olores de los enmohecidos corredores del New Lima . . . Imaginen: *Gente y Cosas que Apenas Puedo Recordar, Un Reportaje de Mayra Solís* y en algún rincón de ese texto desolado: ¡su padre! Imaginen que ella olvide su español,

y que entonces todos sus temores y esperanzas y amores y sueños queden atrapados, perdidos en una bóveda de resonancias
extrañas.

Sonia dijo algo y entonces pude escuchar la voz de mi hija,
pero yo ya tenía la mente en otro lugar o, tal vez, es que estaban
tan ahí que se encontraban bajo tierra, como oscuras cavidades
en la tierra debajo de la ciudad, o quizás estaban flotando un
poco por encima de ella, cintas atadas a los árboles más altos. Me
levanté lentamente. Creo que Sonia debió haber reconocido que
me encontraba ausente porque se quedó callada. Entrecerrando
los ojos ante el resplandor de la luz, me miró y yo la miré.

"¿Qué?" preguntó.

Yo soy un hombre de tradiciones, y como soy ese tipo de
hombre, puse una rodilla en el piso, de nuevo, por una última
vez. El sol entró de lleno en la habitación, la brisa sopló y separó
las cortinas. Sonia sacudió la cabeza—no, no—pero yo continué. Mi hija se había vuelto a subir a la cama y se sentó, las piernas cruzadas por debajo, observándonos como si asistiera a una
obra de teatro. Y no hubo trompetas ni violines ni ningún otro
sonido. Sólo el silencio. Saqué el anillo del bolsillo de mi chaqueta. "Sonia," dije, y jugué mi última carta, y porque lo hice, no
lamento absolutamente nada.

un muerto
fuerte

El padre de Rafael empezó a morirse en marzo. Para el verano, todo estaba casi terminado. La muerte le cayó encima, como una tormenta fraguada desde un cielo despejado, y lo transformó—de una forma violenta y despiadada—en un fantasma, en una imagen en negativo, débil y sin forma, como la cuarta taza servida de una misma bolsita de té. Rafael observó con terror mudo cómo una serie de derrames reducían aún más a su padre. Apenas un montón de polvo al final. Sabía que la vida nos envejece de una manera frenética, que el tiempo no siempre transcurre en cadencia regular, sino que a veces pasa todo en un solo embate; que podemos envejecer—meses, años, décadas—en un solo día, incluso en una hora.

Para Rafael, esa hora llegó un domingo en el mes de junio, el día que su padre sufrió el tercer derrame, justo al final del año escolar. Tenía dieciséis años. Afuera, la música barría Dyckman Avenue de lado a lado. Y de cada auto que pasaba fluía hacia el apartamento de su familia en el tercer piso una especie de ronroneo grave. Habían llegado tías y tíos y primos, modulando todos los ruidos de la aflicción: sollozos, llantos, murmullos, risas, para no tener que llorar. Habían cerrado las cortinas, pero a través de la tela delgada Rafael podía distinguir la pared de ladrillo que había justo al otro lado de la ventana. Al frente había otro apartamento, otra vida sólo a unos cuantos pasos de distancia. La habitación donde se encontraba sentado estaba oscura y caliente. Había maletas abiertas. El último derrame había ocurrido esa mañana, mientras se preparaban para regresar a Santo Domingo. Rafael sentía que la piel de los muslos se le pegaba a los forros de plástico de los cojines del sofá. En la otra habitación, su madre dormía al pie de la cama, sumergida en un sueño inconsciente y narcotizado. Sus tías hablaban de él y de su padre como si Rafael no pudiera escucharlas.

"Pobrecito. Se lo llevaron ya casi muerto. No reconocía ni siquiera a su propia esposa."

"¿Y el muchacho vio todo?"

"Ha estado aquí todo el tiempo. No ha dicho una sola palabra desde entonces."

Eso era cierto. Rafael había empezado a comprender que la vida lo doblega a uno, lo forma, creando los espacios que uno tiene que llenar, sin ninguna expectativa ni interés en los detalles de planes personales. El no tenía ningún plan. Su madre había tomado una píldora para dormir después de haber estado llorando y llorando, los ojos y la cara enrojecidos y a punto de estallar, sólo lágrimas y sudor, pero Rafael estaba quieto y no abría la boca, así que no tomó nada y nadie le hablaba. Llegó el momento, pensó. La vida me está doblegando. Su tía Aída caminaba nerviosamente de un lado a otro de la pequeña habitación. "Dios mío, qué calor," dijo. El no contestó. Ella corrió la cortina, pero no entró nada de luz.

Murmullos. Una puerta. Su primo había llegado. Escuchó una voz desde el corredor.

"¿Qué pasó?" exclamó Mario. Los tacones de sus zapatos de cuero resonaban sobre el piso de madera.

Aída, la madre de Mario, abrazó con fuerza a su hijo y le dijo, "Un derrame, papito. Se llevaron a tu tío al hospital . . ." No alcanzó a terminar. El aire pareció abandonarla y sólo pudo emitir sollozos. Mario consoló a su madre mientras lloraba. Rafael descubrió que la mirada de Mario aún no se había acostumbrado a la peculiar media luz del apartamento; su primo entrecerraba los ojos detrás del marco metálico. Estoy aquí, pensó Rafael, en el sofá. ¿Me puedes ver?

De la cocina apareció otra tía con un plato de arroz blanco y habichuelas. "Come, Mario," le dijo. El vapor salía del plato caliente, pero Mario sacudió la cabeza. Aída se separó, secándose los ojos con una servilleta de papel rosada.

"¿Y Rafael?" preguntó Mario. En su voz había un tono de preocupación, pero habló con calma. "¿Cómo está?" Volteó para encarar a su primo, quien miraba sin expresión hacia el otro lado de la ventana. "¿Te encuentras bien?"

Rafael se encogió de hombros. La pregunta de Mario le sonó apagada y áspera, como una voz que sale de detrás de un vidrio. Mario volteó a mirar a su madre. "Me lo voy a llevar. Necesita salir de la casa. Voy a hablar con él." Aída suspiró. La habitación estaba recargada de silencios. Mario le hizo una señal a Rafael y este se levantó de un salto. Caminaron por el largo corredor, cerrando suavemente la puerta detrás de ellos.

Vagaron en dirección oeste por Dyckman hacia el río, hacia el parque donde Rafael había visto el primer y único cadáver de su vida. Había sucedido años atrás, en séptimo grado, cuando tenía doce años y era bullanguero, con una tropa de cinco amigos. Mirando desde el muelle en la calle 208, a las tres de la tarde, tres y media, el puente hacia el sur, un escape; hacia el norte, el río, verde y ancho y hermoso. Al otro lado del Hudson, las colinas boscosas de Jersey, salpicadas de mansiones blancas asomándose por entre los árboles. "Mierda, ¿quién vive ahí?" Patrick Ewing, decidieron, o algún otro. También rico y famoso y joven.

Amir fue el primero en verlo, flotando entre las rocas debajo del muelle. "¡Mierda! ¡Miren esa mierda!" gritó. Todos se pusieron de rodillas para observar. Rafael, Jaime, Carl, Javier, Eric y Amir. Ninguno hubiera admitido estar asustado. Carl vivía en Grant por la 125, pero asistía a la escuela en Dyckman porque su madre trabajaba en el hospital. "Parece un *nigga* hispano," comentó Carl.

La piel del cuerpo era café, uno o dos tonos más clara que el agua del río.

El cuerpo sólo llevaba puesto un par de shorts negros.

Sobre la espalda del cadáver se podían ver marcadas las ondulaciones de los músculos. Rafael se dijo mentalmente, "Ese es un muerto fuerte." La idea lo hizo reír, así que la dijo en voz alta. "Ese es un muerto fuerte."

"Bueno, *alguien* habrá sido más fuerte."

Amir era el chistoso del grupo. Todos se rieron y Rafael se sintió bien. Era nuevo en la escuela y había hecho amigos sólo por accidente: en el camino hacia la casa, en los casilleros que quedaban frente a frente, en los pupitres acomodados uno al lado del otro. Las amistades nunca habían sido cosa fácil.

"Tiene una puta bolsa plástica enredada en el pie."

"Está hecho una mierda."

"Esa mierda no está bien."

Permanecieron en el muelle, hablando, hasta que la conversación se desvió del cadáver, y de un momento a otro se encontraban ya todos sentados, con las piernas colgando del borde. Volvieron a interesarse en el cadáver sólo cuando pasó el Circle Line deslizándose sobre el río, un bote cargado de turistas que saludaban con la mano y tomaban fotos. "¿Creen que lo pueden ver?" preguntó Rafael. Su primer impulso fue salir corriendo. "Noo, están demasiado lejos. Imposible," dijo Amir.

Entonces Javier contestó el saludo de los otros pues Javier era así. Carl y Amir se burlaron de él y lo llamaron marica. "Con mi brazo podría darle a ese bote, seguro," se jactó Carl, y Rafael sonrió, aunque no le creyó. Debajo de ellos, el cuerpo iba y venía contra la orilla. Siguieron con los ojos el Circle Line y ninguno sabía por qué todos odiaban tanto ese bote.

Mario y Rafael no se detuvieron en el muelle. En lugar de eso, encontraron un sitio donde sentarse cerca de las canchas y miraban vagamente los juegos de béisbol que tenían lugar frente a ellos. El día estaba claro y despejado, el parque rebosante de gente. Un hombre cargaba un tablero de madera del que colgaban globos de todos los colores. Una pareja de chinos ofrecía películas de video piratas sobre una manta extendida en la hierba. Zumbaban tantas bicicletas alrededor que el piso parecía estar deslizándose—toda esta isla como una gigantesca cinta transportadora—mientras Mario y Rafael eran los únicos que permanecían inmóviles. Se habían sentado bajo el sol entre las canchas, desde donde podían observar dos juegos a la vez. Mario había comprado gaseosas, y los partidos avanzaban mientras ellos bebían con sorbetes, las botellas de plástico abultadas por efecto de la condensación. Rafael se sentía contento de estar afuera.

Podía darse cuenta de lo agotado que se encontraba su primo.

Sus pantalones y sus zapatos de cuero parecían fuera de lugar, se había desabotonado la camisa y se la había sacado de los pantalones. El pelo de Mario era negro y revuelto y debía haber recibido un corte semanas atrás. Todo el mundo comentaba que dedicaba demasiado tiempo al trabajo; incluso ese mismo día venía de la oficina. Pero a Rafael le parecía emocionante tener que ejecutar proyectos y tener gente que dependiera de uno. Mario había ido a la universidad y ahora trabajaba en un banco, algo con computadoras. Mario los llamaba sistemas. Era diez años mayor que Rafael.

Durante un rato largo no dijeron nada, se sentían cómodos, el día luminoso tan lejano y diferente del lugar de donde venían. Poco a poco, empezaron a conversar, Rafael sorprendido de que pudieran hablar de algo. Apostaban a quién lograría llegar a primera base. Mario conocía la ciencia. "Tienes que cotejar al bateador," decía, "hay que tener en cuenta toda la situación. No debes dejarte engañar por el físico."

"¿Una visión total?"

"Gordo no significa que no pueda correr y flaco no significa que no pueda pegarle a la pelota. Debes buscar la confianza, la seguridad con que batean. La manera como el bateador se comporta, incluso entre uno y otro lanzamiento."

Siguieron con los ojos a un bateador que se aproximaba al plato. El uniforme le quedaba suelto, quizás demasiado grande, lo suficiente para resaltar los brazos flacos y las enclenques piernas que lo sostenían. Se veía inquieto, acomodándose y reacomodándose la gorra. El pitcher esperaba. "Lo van a sacar," comentó Rafael. "Está nervioso."

El bateador golpeó la zapatilla izquierda con el bate; una diminuta nube de polvo se materializó en el aire y desapareció enseguida. Mario asintió con un movimiento de cabeza.

El primer lanzamiento venía alto, pero el bateador buscó la pelota y por poco se cae de bruces en el proceso. Se escucharon algunas risitas del equipo contrario. El bateador se tomaba su tiempo, bateando en el aire un par de veces, antes de regresar al plato. Ya se veía perdido. El siguiente lanzamiento cruzó en frente suyo, *strike,* 0-2. Mario golpeó con el codo a su primo. "Oye, buen tiro. Ya está hecho." Rafael sonrió. El bateador pidió tiempo y, quitándose la gorra, volteó a mirar hacia la banca. La mitad de sus compañeros ya empezaban a ponerse el guante. Ninguno quiso devolverle la mirada. El pitcher olía sangre. El bateador regresó al plato, retomando su posición. El lanzamiento fue bueno, y el intento de hit resultó completamente errado, defensivo, débil. La pelota se elevó en un globito hacia primera. El bateador ni siquiera intentó correr.

"Hombre. Buen lanzamiento," repitió Mario.

Vieron a varios jugadores más y algunos los sorprendieron. Una especie de impetuoso hombrecito bateó un doble y empujó una carrera. A un pitcher con muchos juegos encima le tocó el turno de ponchar a un bateador lento. De inmediato, Rafael se encontró apoyando al bateador, a pesar de haber sido pitcher en las Ligas Menores. No veía ninguna contradicción en cambiar de preferencias cada vez que los equipos alternaban turnos. A Rafael le encantaba observar la manera como el rostro de un pitcher se demudaba con el chasquido de un bate o la manera como seguía con los ojos el largo vuelo de una pelota hacia el jardín izquierdo con un gesto de resignación. "¡Vamos!" gritaba Rafael. "¡Corre! ¡Corre!" exclamaba. "¡Gánale a la bola! ¡Deslízate!"

Después de un rato el sol quemaba ya demasiado fuerte y después de pasar de largo al lado de un partido de fútbol llegaron hasta el siguiente sector de canchas de béisbol donde había algo de sombra. Parecía como si todo el mundo estuviera en el parque; todo el mundo enfrentándose y midiendo sus destrezas ante los demás. Rafael no era un atleta, no había prosperado en la competencia. Su guante de las Ligas Menores acumulaba polvo en algún rincón del cuarto que compartía con su hermana. Sin embargo empezó a revivir todo ese pasado: el olor, las siluetas de las sombras sobre el campo de juego, las simples reglas bajo las que alguna vez había jugado. Nunca despreció a sus contrincantes, nunca pudo convencerse de hacerlo, y cuando estaba sobre el montículo, con la pelota en la mano sudorosa, se preguntaba si los bateadores lo odiaban. Rafael se frustraba con facilidad, tomaba cada hit como algo personal. Un error le causaba un nudo en el estómago—¿Me estarán saboteando? ¿Mis propios compañeros de equipo?—de manera que cuando llegó a octavo grado ya había perdido todo el interés en jugar béisbol. Lanzaba sin fuerza, o imaginaba que lo hacía, pero extrañaba esa sensación de felicidad cuando, después de lanzar fuerte y rápido durante horas y horas, su brazo se transformaba en una gelatina palpitante, casi ardiente. Había algo maravilloso en todo esto: los tendones distendidos, un hormigueo impreciso. ¿Será así como se siente, pensó Rafael, lo que sintió mi papá? Después del primer derrame en marzo, Rafael se sentó junto a su padre, estuvo observándolo y mirando también esa manera confusa como su padre se examinaba brazos y piernas. "Voy a estar bien," había afirmado su padre, aun cuando había quedado totalmente inmovilizado del costado izquierdo. Sus ojos pasaban una y otra vez de su hijo a su brazo inválido. "¿Qué es lo que va a pasar?" preguntó Rafael.

"Me estoy mejorando. Esto no es nada," contestó su padre. Forzó una sonrisa y Rafael le creyó.

Mario y Rafael se recostaron un rato contra la valla en el campo de juego más al norte y observaron cómo un lanzador se abría paso desafiante a lo largo de dos entradas. Lanzaba como un monstruo. Puro fuego. Lanzaba bolas rápidas luego de un *windup* abreviado, que ajustaba con una ligera sacudida de la pierna. Un estallido inmediato contra el cuero del guante del catcher. Un bateador tras otro miraba pasar sus lanzamientos, la pelota dando de lleno contra el guante. Sus compañeros de equipo lo vitoreaban. Ninguno podía neutralizar su bola rápida y la arrogancia que mostraba era excesiva. Los estaba acabando a todos. Tenía un bigotito que se acariciaba entre uno y otro lanzamiento, y sonreía con sorna cuando alguno bateaba un foul, como si le sorprendiera que el bateador hubiera hecho siquiera contacto con la bola. A Rafael le desagradaba esa arrogancia. Quiso que lo golpearan, podía imaginarlo: un batazo a media altura, dirigido con fuerza a los muslos, al estómago, al pecho. ¿Por qué no?

A Mario en cambio le gustaba. "Ese chico sí sabe lanzar," dijo.

"Es un marica."

"El chico es bueno, Rafael. No hay nada que discutir."

Rafael descubrió que llevaban más de una hora en el parque y por fuera de la casa sin haber cruzado una sola palabra sobre la razón por la que se encontraban ahí. Era mejor así. No sentía ninguna necesidad de hablar sobre el tema, de hablar sobre su padre. Estaba sucediendo. Su padre se encontraba en el hospital, o tal vez ya lo habían llevado de regreso a la casa. O quizás nunca dejaría el hospital con vida. Pensó en su madre, dormida, calmada por primera vez en varias semanas.

Ella no tenía ningún interés en volver a despertarse.

"Te podría contar una historia, Rafa, pero no estoy muy seguro de que siquiera me vayas a creer," dijo Mario, rompiendo el silencio. Reprimió una risita. Se quitó la camisa y se la envolvió en la cabeza. "Es demasiado extraña, casi increíble." Rafael no dijo nada, sólo miraba al frente. Mario suspiró.

"Lo que sea . . . Yo tenía diez años. Vivíamos en la 181. Me gustaba montar bicicleta por todas partes y créeme que me metía por todas partes. Bajaba hasta la 116, por Riverside, por toda Dyckman. Un par de veces, yo y unos amigos fuimos hasta el Yankee Stadium. La verdad nos encantaba ir a sitios, ver cosas. Mi mamá no podía vigilarme, se la pasaba trabajando todo el tiempo, así que yo más o menos tenía que cuidarme solo. Me portaba bien, no gran cosa pero bien. Eramos buenos muchachos. Un día, salgo y voy por ahí solo en mi bicicleta y, lo juro por Dios, mientras voy a toda velocidad por la vereda suena un disparo y antes de tener tiempo de mirar hacia arriba—no me lo vas a creer—me cae un cuerpo encima. Cayó del segundo o tercer piso, ¿cómo lo puedo saber? Un hombre. Y me tumba de la bicicleta. ¡Lo juro por Dios! Un maldito cadáver. Me cayó justo encima. Ni siquiera lo vi caer. No podía ni respirar. Me monté de nuevo en la bicicleta y pedaleé y pedaleé y pedaleé, no se cómo llegué a la casa pero llegué. Guardé la bicicleta y me dediqué de lleno a los juegos de video. Tiempo completo. Y me engordé. No me podían sacar de la casa, pues estaba putamente asustado. Y así durante meses. Veía televisión y me la pasaba con los juegos de video y nunca más volví a subirme a esa bicicleta."

Mario suspiró, sonriendo, sacudiendo la cabeza. Rafael se limitaba a mirar al frente. Era la cosa más ridícula que jamás hubiera escuchado. "¿Alguna vez le has contado esa historia a alguien?" preguntó.

"Noo. Ni a mi mamá, absolutamente a nadie. Nadie me hubiera creído. No sé por qué te la acabo de contar . . . ," Mario balbuceó, "pero lo hice. Y tú puedes hacer con esa historia lo que quieras. Mandarla a la mierda, olvidarla."

Rafael negó con la cabeza. "No podría olvidar eso, primo."

Pensó en el cadáver que había visto a no más de cien yardas de donde estaban sentados. Rafael tampoco se lo había contado a nadie. Pensó en la bolsa de plástico enredada en los pies del hombre y de repente se sintió avergonzado. Su mente se movió por una espiral de pensamientos oscuros, pero se dio la vuelta, deteniendo de golpe esa cadena de recuerdos. Dio una leve bofetada de juego a Mario. "¡Te ves como un puro árabe con esa camisa en la cabeza!" Mario soltó su carcajada más poderosa y Rafael sonrió, los ojos cerrados contra el sol.

No todos los hombres muertos caen del cielo. No todos flotan por la corriente del Hudson y se detienen contra las suaves rocas cubiertas de musgo en la orilla. Algunos de esos hombres muertos son nuestros padres, nuestros tíos. Algunos pierden la batalla lentamente. Algunos mueren odiando el mundo. Rafael se preguntaba que estaría pensando su padre o si ya se habría ido del todo. Más allá de los árboles, algo resplandecía: el brillo de una luz solar brumosa suspendida sobre el agua del río.

Estuvieron un rato sentados en silencio, sumergidos en los ruidos del parque. El juego había concluido y ahora empezaba otro. Era una broma, todo. Muertos sin rostro, sin nombre. Cadáveres precipitándose sobre las aceras de la ciudad, tumbando niños de sus bicicletas. Llevaban varias horas afuera. El viento arrastraba bolsas de plástico y envolturas de dulces y los lanzaba hacia el río. De ahí avanzarían hasta el océano. Ya era hora de regresar. Aún quedaban algunas horas de luz, pero el apartamento de Rafael estaría en la penumbra. En el apartamento de Rafael estarían esperando nuevas noticias y su madre todavía estaría dormida. Regresaría a casa y nadie le diría nada. Y así seguiría durante un par de días más antes de que le revelaran lo único que no quería escuchar. Rafael vio entonces a su padre, extinguido, la piel amarillenta y pálida, los brazos estirados a uno y otro lado de su cuerpo. Lo enterraron. Una semana más tarde, la familia estaba de regreso a la casa, bajo un claro sol caribeño, recibiendo las condolencias de gente con rostros y nombres que Rafael no reconocía. El español que hablaban resbalaba de sus lenguas demasiado rápido y no podía estar seguro de lo que escuchaba ni de lo que no entendía. Era como un sueño. Al décimo día, se le acabaron a su madre las píldoras para dormir y él se quedaba dormido cada noche con el amortiguado rumor de sus sollozos. Pensaba en su padre. Cada minuto de cada hora, pensaba en su padre, y en Mario y en el parque. Pensó en el agua oscilando con suavidad sobre el cuerpo del hombre muerto y en la bolsa alrededor de sus pies. Pensó en los cuerpos precipitándose del cielo. Deseó entonces haber estado ahí para haber visto caer el cuerpo. Hubiera deseado estar ahí para atraparlo. Para levantarlo. Para mirarlo directamente a los ojos y decirle: "¡Vive! ¡Vive! ¡Vive!"

agradecimientos

Le debo mucho a muchas personas por mu-
chos regalos. Es un poco excesivo intentar agradecerle a todo
el mundo, pero voy a intentarlo. Mis profesores, quienes generosamente me han dado tanto su tiempo y su sabiduría: Paul
McAdam, Mark Slouka, Colin Harrison, Ethan Canin, Chris
Offut, Edward Carey, Elizabeth McCracken y ZZ Packer. Alan
Ziegler y Leslie Woodward me han dado su amistad y su apoyo
durante muchos años. Kathleen McDermott siempre ha hecho lo
posible por cuidarme. Frank Conroy me retó y me empujó a que
trabajara más duro, y por eso le estoy eternamente agradecido.

Cuento con mis buenos amigos para inspirarme, y muchas
veces, para mantener mi salud mental: Antonio Garcia; Agustin
Vedino, Maggie Berryman, Laura Rysman, Danny Rudder;
Andre Morales; Zea Malawa; Adrienne Brown; Josh Seidenfeld;
Pascual Mejia; Stacey White; Scott Wolven y Claudia Manley;
Clay Colvin, Carolina Wingo, Neil Roy; Wayne Yeh; John Green;
Emmett Cloud; Shazi Visram y Sean Titone—todos son per-
sonas de corazón inmenso. Sonia Gulati, con amor. Carlos
Aguasaco, mi compa. Mario Michelena, mi primo, mi colega.
Jai Chun, donde quiera que estés. La clase del 2003 del Bread

and Roses Integrated Arts High School en Nueva York, por haberse aguantado a un profesor principiante. A Olivia Armenta por incontables regalos.

En Lima, la familia Aronés se ocupó de mi mientras vivía en San Juan de Lurigancho. Todos mis amigos de AAHH 10 de octubre y AAHH Jose Carlos Mariátegui, sobre todo Vico Vargas Sulca, Jhon Lenon Mariño Yupanqui, Geral Huaripata Vasquez, Cesar Ortiz, Jorge "Koky" Ramos y Roller Li Alzamora. La familia Diaz Tena de Cruz de Motupe, sobre todo Carmela. Todos los involucrados en el proyecto de Defensores de la Paz, sobre todo Carla Rimac, Jenny Uribe y Olenka Ochoa de Incafam. La gente de Fullbright en Lima fueron de una gran ayuda y un gran apoyo, sobre todo Migza y Marcela. Carlos Villacorta, por su amistad y su poesía. Pepe Alvarez, Felipe Leon—hermano! Lucy Naldos, Betsy Zapata, Mauricio Delfín son todos amigos con los que puedo contar.

Mi familia: el clan Alarcón, desde Lima hasta Arequipa hasta La Paz, la diáspora Solis, de Lima a Suecia de Nueva York y Bélgica. Claudy es mi amigo y mi confidente. Nunca hubiera podido escribir este libro, o cualquier libro, sin la gente que conocí en Iowa: escritores, poetas, artistas y todos, personas maravillosas—demasiados para poder nombrarlos todos aquí. Unas cuantas personas merecen ser mencionadas por ser muy buenos amigos y estupendos lectores: Dave Sarno, Lila "Stealthy" Byock, Vinnie Wilhem, Mark Lafferty, Kerrie Kvashay-Boyle, Sam Shaw, Mika Tanner, Grace Lee—Les estoy eternamente agradecidos.

Gracias a Guillermo Martinez, Hugo Chaparro, Alejandra Costamagna y Cristian Gomez por sus consejos y su constante apoyo. Connie Brothers, Deb West y Jan Zenisek me han hecho la vida más fácil. Gracias a the Foxhead, por existir, a Prairie

Lights, the Wobblies por una temporada ganadora y un intento de gloria. Ricardo Gutierrez por las recomendaciones de libros. Nicholas Pearson por sus perspicaces puntos de vista. Susan y Linda de *Glimmer Train* por comprar mi primer cuento. Julio Villanueva Chang de Etiqueta Negra. Leelila Strogor de Swink. Deborah Treisman por la educación y la oportunidad.

Un agradecimiento muy especial a mi compadre en la lucha, Eric Simonoff quien lo hizo realidad, y a mis editores, Alison Callahan, René Alegria y Andrea Montejo por su guía y su confianza.

Finalmente, gracias a mis padres, Renato y Chela, y a mis hermanas Patricia y Silvia, a quienes he dedicado este libro. Les debo todo. A mi nueva familia, Pat, Marcela y Lucia.